KB114677

일라이브

얼라이브 1

노쓰우드 장편 소설

초판 1쇄 찍은 날 § 2015년 1월 27일
초판 1쇄 펴낸 날 § 2015년 2월 3일

지은이 § 노쓰우드
펴낸이 § 서경석

편집부장 § 권태완
편집책임 § 하형민

펴낸곳 § 도서출판 청어람
등록번호 § 제387-1999-000006호
등록일자 § 1999. 5. 31
어람번호 § 제1-2039호

주소 § 경기도 부천시 원미구 부일로 483번길 40 서경B/D 3F (우) 420-822
전화 § 032-656-4452 팩스 § 032-656-4453
http://www.chungeoram.com
E-mail § chungeorambook@daum.net

ISBN 979-11-04-90087-7 04810
ISBN 979-11-04-90086-0 (세트)

노쓰우드 장편 소설

FUSION FANTASTIC STORY

얼라.이브

CONTENTS

INTRO

숨이 턱 끝까지 차올랐다. 가뜩이나 숨이 막힐 듯한 더위에 지칠 대로 지친 상태였다. 이제 와서는 숨 한 줌 토해내는 것이 미치도록 괴로웠다.

하지만 그는 쉬지 않고 질척거리는 땅을 박차며 앞으로 나아갔다.

울창한 수풀 탓에 한 걸음 내딛는 것도 쉽지 않았다. 발목을 잡아채는 이름 모를 넝쿨 식물 때문에 발목이 시큰거렸다.

아니, 비단 발목뿐 아니라 수풀에 쓸리고 가지에 치인 온몸에 상처가 한가득하다.

당장에라도 쓰러져 쉬고 싶었지만 그럴 수 없다는 사실은 자신이 가장 잘 알고 있었다.

장택근은 그렇게 끈적끈적하게 달라붙는 공기를 깊게 들이마셨다 내뱉으며 다시 발걸음에 박차를 더했다.

얼마나 지친 몸을 돌보지 않고 달려갔을까.

이제 와서는 본인이 어디 있는지조차 구분이 되지 않을 지경이었지만 그는 개의치 않았다. 어차피 이 지옥 같은 아마존에서 단 한 번이라도 방향을 정확하게 가늠했던 적이 있었던가.

지금은 그저 필사적으로 달릴 뿐이다.

한참을 그렇게 내달리는데 차가운 한기가 등 뒤를 쓸고 지나간다. 처음에는 차가운 손길이 어루만지듯 하던 기이한 감각이 이내 온몸으로 퍼져 나간다.

이 찌는 듯한 더위 속에서 그는 마치 한겨울의 꽁꽁 얼어버린 호수에 빠진 것과도 같은 오한을 느꼈다.

그리고 그의 눈을 가득 채우던 진녹색의 지옥이 희미해지며 새로운 광경이 펼쳐지기 시작했다.

1장

시작

"꺄아아악!"

때아닌 비명 소리에 인천공항의 출국장에 소란이 펼쳐졌다. 사람들이 상황을 받아들이기도 전에 처음의 비명과는 비교도 되지 않는 함성과 비명이 터져 나왔다.

"뭐, 뭐야!"

놀란 사람들이 테러라도 일어났나 아연실색하는데 누군가 비명처럼 외쳤다.

"김우영이다!"

그 한마디에 공항의 소란과 상관없다는 듯 제 길을 걷던 이

들마저 고개를 돌리고 소란에 합류했다.

"꺄악!"

"오빠! 사랑해요!"

소란의 원인은 다름 아닌 대한민국 톱스타의 때아닌 출현이었다. 한창 드라마와 영화를 통해 인기몰이를 하다 여러 구설수에 올라 잠시 휴식기를 갖고 있던 톱스타, 김우영의 등장과 함께 벌어진 소란은 그가 그간 벌였던 온갖 불미스러운 사건 사고에도 불구하고 그의 인기가 여전함을 증명했다.

선글라스를 썼으나 범상치 않은 차림새가 나 연예인이요 하고 광고하는 듯한 잘생긴 사내, 김우영이 그렇게 밀려드는 인파를 피해 출국 수속을 서둘렀다.

"오빠! 이쪽 한 번만 봐주세요!"

"사인 좀 해주세요!"

애달픈 소녀 팬들의 외침에도 그는 아랑곳하지 않고 출국장을 지나 저 너머로 사라졌다. 그가 떠나간 뒤에도 차마 자리를 뜨지 못한 사람들이 한참이나 주변을 서성이고 있는 탓에 뒤를 이은 출국 승객들이 불편함을 감수해야 했으나, 김우영은 신경 쓰지 않았다.

"어때? 이 정도면 오늘 검색어에 좀 오르겠어?"

외모에 어울리지 않는 방정맞은 음성에 곁에 있던 매니저가 연신 고개를 끄덕이며 비위를 맞춰준다.

"모르긴 몰라도 오늘 '김우영 공항 패션'이 검색어 상위권에 오를 거예요."

매니저의 말에 김우영이 선글라스를 내려 보이며 눈을 치켜떴다.

"상위권?"

무언가 마음에 들지 않는 듯 사나운 그의 말투에 매니저가 영문을 몰라 우물쭈물하는데 그가 매니저의 머리를 툭툭 밀며 말했다.

"나 김우영이야, 김우영. 당연히 검색어 1위여야지, 상위권? 내가 그러라고 니들한테 돈 주는 줄 알아? 일 똑바로 안 하지?"

그제야 자신의 실수를 깨달은 매니저가 그의 기분을 풀어주려 진땀을 흘렸지만, 한번 기분이 틀어진 그는 막무가내였다.

뒤늦게 출국 심사대를 통과한 촬영팀이 그런 모습을 보며 수군거렸다.

"저 새끼, 아직도 제 버릇 못 고쳤네."

"저런 거지발싸개 같은 성격이랑 어떻게 같이 일하냐."

안 그래도 보안을 철저히 하고 기획된 이번 촬영이건만 김우영 탓에 시작부터 삐걱거리기 시작했다.

소식을 들은 기자들이 벌써부터 김우영의 출국 이유를 알아내려 바쁘게 움직일 것이 뻔히 보인 촬영 스태프들은 고개를 절레절레 흔들었다.

"저 새끼 일부러 그런 거지?"

"뻔하지. 저번 일 때문에 쟤 완전 새 됐잖아. 보나 마나 관심 좀 받아보겠다고 공항 패션이니 뭐니 노린 거겠지."

안 그래도 김우영이 일으킨 소란 탓에 출국 수속이 한참이나 늦어버린 스태프들이었던지라 불만이 이만저만이 아니었다.

인기와 인지도에 비해 부족한 인성 때문에 스태프들에게 은근한 미움을 받던 그가 이번 일로 다시 한 번 미운털이 박혔다.

"야, 이쪽 쳐다본다. 눈 돌려. 괜히 시비 걸라."

하지만 그래 봐야 일개 스태프에 불과한 그들 입장에서 불만을 표현할 방법은 없었다. 괜히 김우영과 얽혀 불쾌한 일이 생길까 걱정된 스태프들이 분주한 척을 하며 그의 시야에서 사라졌다.

그렇게 스태프들이 자리를 피하자 그들을 바라보고 있던 김우영이 입맛을 다셨다. 오랜만에 잡힌 촬영이라 마음껏 자신의 위치를 뽐내며 즐기고 싶었는데, 마땅한 대상이 없자 아쉬운 모양이었다.

＊　　　＊　　　＊

"야, 이 새끼야. 뭘 어떻게 했기에 기자들이 벌써 냄새를 맡아. 내가 보안 유지하라고 몇 번이나 말했어!"

이번 촬영의 총책임자인 나윤섭 PD는 꼭두새벽부터 속된 말로 꼭지가 돌아 있었다. 나윤섭 PD로서는 바로 전 작품이 경쟁사에 소스를 도둑맞아 시작도 전에 엎어진 터라 이번만큼은 보안 엄수를 위해 온갖 노력을 다했다.

그런데 그런 촬영 시작부터 삐걱거렸으니 기분이 좋을 턱이 없었다.

"기껏 촬영 지원받았는데, 이번에 또 엎어지면 네가 책임질 거야? 엉?"

급기야 자신의 앞에 선 조연출 장택근을 닦달하다 정강이를 걷어차 버렸다. 때아닌 날벼락에 장택근은 정강이를 부여잡았다.

"아이고, 나 감독님. 촬영 시작도 안 했는데 벌써부터 이렇게 열을 올리세요."

마침 다가온 김우영의 모습에 나윤섭 PD가 얼굴을 와락 일그러뜨리며 다시 한 번 장택근을 다그쳤다.

"미친 새끼야. 군대를 안 다녀왔으니 보안 엄수가 뭔지도 모르지. 똑바로 해, 새끼야."

말이야 조연출을 향한 것이었지만, 그 속뜻은 이번 소란의 주역인 김우영을 겨냥한 게 명백했던지라 넉살 좋게 다가서던 김우영이 머쓱한 표정을 지었다.

"아이고, 우리 김우영 씨. 일찍부터 사람들이 몰려서 고생했지? 그러게 인기가 좀 좋아야지. 다 우영 씨가 잘난 탓이라고 생각해야 하나?"

되지도 않을 말을 지껄이며 김우영에게 알은척을 하는 그의 태도는 장택근을 대할 때와 딴판이었다. 단순하고 멍청하기로 소문난 김우영은 금세 나윤섭 PD의 태도에 표정을 풀며 딴에는 호탕하게 웃었다.

"탑승까진 두 시간 정도 남았으니, 저쪽에서 커피 한잔하고 바로 촬영 시작하자고. 알지? 우리 콘셉트는 리얼 다큐야, 리얼 다큐."

"알죠, 리얼리티. 그것 때문에 제가 이번 촬영 꼭 하고 싶었다니까요."

그렇게 지껄여 대며 저 멀리 사라지는 나윤섭 PD와 김우영을 바라보며 장택근은 욕지거리를 내뱉었다.

"아, 씨바. 김우영 또라이 새끼가 관심 좀 받아보겠다고 지랄한 걸 왜 나한테 지랄이야."

하지만 어쩌랴.

이게 줄 하나 없는 조연출의 현실인 것을. 더러우면 본인이

성공하는 수밖에 없었다.

연신 PD와 김우영을 욕하던 그는 이내 자리를 옮겨 카메라 감독을 찾았다. 조금이라도 빨리 기내에 올라 좌석에 6㎜ 카메라를 고정해야 하는데, 정작 중요한 촬영팀이 보이질 않았다. 괜히 가만히 있다가는 자신만 욕먹을 판이라 카메라 감독과 스태프들을 찾아 열심히 발을 놀렸다.

장택근이 카메라 감독을 찾은 것은 유명 브랜드의 면세점에서였다.

"아이고, 감독님. 여기 계시면 어떻게 해요. 기껏 항공사에 협조 요청을 해놨더니."

마치 삼국지의 장비처럼 뻣뻣한 수염이 제법 사나워 보이는 카메라 감독, 오지형을 찾은 장택근은 그를 보자마자 죽는 소리를 했다.

"뭐? 이 새끼야, 내가 너한테 일일이 보고하고 다녀야 할 짬밥이냐?"

커다란 덩치에 어울리지 않게 아기자기한 분홍 가방을 손에 쥐고 이리저리 물건을 살펴보고 있던 오지형이 사납게 대꾸했다. 성질 더럽기로는 촬영팀 내에서 세 손가락 안에 들어가는 카메라 감독의 으름장이었지만 장택근은 기죽지 않았다.

"아유, 뭘 또. 또 형수님 선물 사고 계셨구먼. 형수님은 그런 거 안 좋아해요. 핑크가 뭐야, 유치하게."

마흔 줄이 넘어 한 늦깎이 결혼, 게다가 신부는 그보다 열두 살이나 어린 미모의 여성이었다. 당연히 어린 신부를 신줏단지 모시듯 하는 그인데, 말주변 없고 사나운 외모 탓에 지지부진하던 그의 애정사업을 도와 결혼에 골인하도록 일조한 것이 장택근 본인이다. 늘 술자리가 있을 때면 그 덕에 지금의 아내와 결혼을 할 수 있었다고 말버릇처럼 해대는 그였던지라 평소 거친 말투와는 다르게 제법 장택근을 챙겨왔던 그다.

이제 와서 말투가 사납다고 장택근이 위축될 이유가 없었다.

역시나 아내의 선물을 고르느라 고민하고 있었던 오지형이 장택근의 말에 금세 손에 쥔 분홍 가방을 내려놓으며 그를 빤히 바라보았다.

"저기 저 에메랄드색 지갑 있죠? 저거 사드리면 좋아하실 거예요. 저번에 보니까 지갑이 좀 낡았더만요."

"네놈 새끼가, 우리 마누라 지갑이 낡았는지 어떻게 알아."

말이야 거칠게 하면서도 은근슬쩍 장택근이 가리킨 지갑을 계산대로 가져가는 오지형이다.

장택근이 그 모습을 보며 미소 지었다.

"됐죠? 이제 가요. 탑승 수속 30분 전에 미리 들어가야 돼요. 그 이상은 시간 안 준다니까. 빨리 들어가야 돼요."

그의 말에 오지형이 시큰둥하게 대답했다.

"새끼야, 아직도 들어가려면 한 시간이나 남았는데 뭘 호들갑이야."

"어휴. 나 감독이 촬영분 만든다고 공항에서부터 촬영 들어간다고 했잖아요."

미적거리는 그를 잡아당기며 말하는 장택근의 조급한 태도에도 오지형은 심드렁하기만 하다.

"글렀어. 저 김우영이 새끼가 입고 온 꼴을 봐. 저게 오지 체험하러 가는 사람 복장이냐? 칸 영화제 시상식 가는 복장이지. 저 꼴로는 때려죽여도 그림 안 나와. 그러니까 나 감독한테 쓸데없는데 신경 쓰지 말고 현지 촬영 일정이나 점검하라고 해."

내심 공감이 가는 말이었지만 그 말을 그대로 전했다가는 자신만 깨질 뿐이다.

장택근이 죽는 소리를 하며 조르니 오지형이 능글맞은 웃음을 지으며 그의 어깨를 두들겼다.

"새끼야. 이미 막내 보내놨어. 그놈이 알아서 할 테니까, 넌 다른 거나 챙겨. 조연출이 할 짓이 그거밖에 없냐."

두둑한 손바닥으로 능을 팡팡 내려치니 숨이 덜컥덜컥 막혀 그가 질색을 했다. 그가 그러거나 말거나 오지형은 휘적휘적 팔을 내저으며 제 갈 길을 갈 뿐이었다.

촬영팀은 김우영이 벌인 해프닝을 제외하면 별다른 일이랄 것도 없이 순조롭게 출국 준비를 마쳤다.

그사이에서 바쁘게 오가며 이런저런 일들을 체크하느라 정신없는 장택근을 제외하고는 모두 해외에 나간다고 들뜬 모양새였다.

한창 바쁘게 뛰던 장택근이 그런 그들의 들뜬 모습을 보며 한숨을 내쉬는데, 오지형이 어느새 다가와 그의 어깨에 손을 걸쳤다.

"좀만 더 고생해라. 커리어 좀만 더 쌓고 연륜 좀 쌓이면 너도 금방이다. 알지?"

안 그래도 스스로 자신이 뭐하는 짓인가 자괴감에 빠져 있던 장택근이었던지라 오지형의 한마디가 크게 다가왔다. 어깨를 펴며 짐짓 밝게 웃어주니 오지형이 그의 머리를 이리저리 흐트러뜨리곤 탑승 수속을 밟는다.

"자! 연출팀, 촬영팀 전부 탑승합니다! 줄 서시고 물건 빠뜨린 거 없는지 체크하시고 서로 인원 체크 해주세요! 뉴욕에서 환승해서 바로 상파울루로 가니까 착오 마시고요!"

*   *   *

"으다다다닷!"

상파울루의 공항에 도착한 장택근은 온몸을 비틀었다.

인천에서 뉴욕까지 12시간, 뉴욕에서 다시 상파울루까지

12시간.

무려 24시간의 비행을 마치고 목적지에 도착하고 나니 몸이 비명을 질렀다.

다른 촬영 스태프들 역시 온몸을 비틀며 비명 아닌 비명을 질러댄다.

"뭐가 이렇게 느려."

"형, 좀만 참아요. 남미는 원래 다 느리대요."

다른 나라에 비해 느긋한 태도로 입국 심사를 하는 공항 직원들의 태도에 불만을 표하는 김우영을 매니저가 달래느라 진땀을 흘린다. 이번만큼은 다른 사람들도 공감하는 표정이다.

아닌 게 아니라 농담까지 해 가며 입국 심사대를 지나는 사람들을 대하는 공항 직원의 태도가 한없이 느긋했다. 한국이었으면 벌써 끝났을 심사가 한참이나 더 시간이 지나고 나서야 마무리되었다.

덕분에 바빠진 건 촬영 스태프들이었다.

"자! 소품 챙기고 장비 챙겨! 뭐 하나라도 빠뜨리면 한국까지 배로 보낼 테니 빠지는 것 없이 길 챙겨!"

피곤한 탓인지 나윤섭 PD가 평소보다 더욱 히스테릭한 음성으로 스태프들을 닦달했다. 그 말에 사람들이 잔뜩 뭉친 몸의 근육을 채 풀어주기도 전에 바쁘게 움직이며 소품과 장비를 챙기느라 부산을 떨었다.

그의 말이 아니라도 장비 하나라도 잃어버렸다가는 덤터기를 쓰게 된다. 자연 사람들의 손길이 바쁜 와중에도 꼼꼼하기만 하다.

사람들이 지구 반대편에 도착한 여유를 즐길 새도 없이 분주하게 움직이는 사이, 김우영과 매니저가 출국 게이트를 나섰다. 그 뒤를 따르는 촬영팀의 막내 스태프가 잠시 바쁘게 오가는 사람들과 김우영을 살펴보다 그를 따라나섰다.

"우와. 과연 쌈바의 나라라 아가씨들이 쌈박하구먼."

되지도 않을 농담에 저 혼자 만족해 지껄여 대는 김우영이 공항을 오가는 이국적인 여인들을 보며 감탄을 내뱉었다.

"야, 이건 편집해라."

그래도 뒤를 따르는 카메라의 존재를 잊지는 않았는지 간간이 연기 톤의 멘트를 날려주는 그를 따르며 막내 스태프 정승현이 울상을 지었다.

"저, 다른 분들이 나오실 때까지는 한자리에서 기다리시는 게 어떨까요?"

촬영 스태프들이 눈에 보이지 않자 불안해졌는지 잠시 대기할 것을 부탁했지만 김우영은 들은 척도 하지 않았다.

"과연 열정의 나라답게 공기부터가 다르네요. 오, 저 아가씨 죽인다. 가슴 봐라, 씨바. 저게 실제로 가능한 거였어?"

멘트를 하면서도 그 호색함은 참지 못했는지, 아까부터 도

저희 방송에는 내보내지 못할 말만 지껄이고 있다.

"어우, 씨바. 이게 뭐야! 이게 사람 사는 동네야! 완전 찜질 방이구만!"

육감적인 엉덩이를 흔들며 사라지는 이국의 미녀를 쫓아 공항을 나섰던 그가 일순간 몰려오는 뜨거운 공기에 욕설을 내뱉었다.

"다시 갈게. 방금 건 편집. 김우영이 브라질에 첫발을 내딛 는 순간인데 뭐 하나 명언은 남겨줘야지."

되도 않을 말을 지껄이며 저 혼자 공항 안으로 다시 들어갔 다 나오는 것이 한껏 겉멋이 들어 있다.

제 딴에는 감동적이랍시고 하는 민망한 멘트를 들으며 정 승현은 남모르게 울상을 지었다.

'어쩐지 오 감독님이 고생하라고 하더니… 뭐 이딴 또라이 가 다 있어.'

제멋대로 구는 탓에 그가 만류도 못 하고 내심 끙끙 앓고 있는데, 저 멀리서 구세주가 달려오는 것이 보였다.

"김우영 씨, 안쪽에서부터 촬영 본격적으로 시작하니 돌아 오시랍니다!"

한참이나 그를 찾아 헤매야 했던 탓에, 자연 말투가 좋을 리가 없었다.

장택근의 퉁명스러운 말에 김우영이 눈썹을 찡그렸다.

"뭐? 그럼 여태까지 내가 찍은 건 뭔데. 나 혼자 그림 만들었으니까, 그냥 다들 나오라고 해."

도를 넘어서는 그의 말에 장택근이 어이없는 표정을 지었다. 가만히 보니 비꼬는 말이 아니라 진심으로 자신이 촬영한 것이 괜찮다고 생각한 모양인지라 그가 황당해하는데 매니저가 눈치 좋게 김우영을 달랬다.

"형, 그리고 보니 핸드 카메라잖아요. 톱스타 김우영의 브라질 방문인데 제대로 그림 만들어봐야죠."

그 말에는 또 솔깃하는 모양이다. 김우영이 금세 표정을 밝게 하고는 걸음을 돌리는데, 매니저와 장택근의 시선이 마주쳤다.

동병상련.

이리 치이고 저리 치이는 말단의 애환이 담긴 얼굴을 한 그들이 잠시 동질감을 주고받는 사이에 김우영이 외쳤다.

"뭐해! 빨리 와!"

김우영이 언제 갔는지 저만치나 떨어져서 그들을 재촉하고 있었다.

2장

조우

장택근은 한숨을 내쉬며 침대에 몸을 던졌다. 대한민국에
서 브라질까지, 장장 24시간에 걸친 비행을 끝내고 상파울루
시내의 호텔에 자리를 잡기까지 극기 훈련이나 다름없는 일
정이었다.

　제멋대로에 통제 불가인 김우영에게 치이고, 성질 너더운
나윤섭 PD에게 치였다. 거기에 더해 그의 일이 그 두 사람을
상대하는 것뿐만이 아니었으니 두 사람의 비위를 맞추며 이
리저리 잡다한 일들을 거드는 사이 시간이 어떻게 흘러갔는
지도 모르겠다.

누워 있는 침대 속으로 몸이 빨려드는 것만 같은 극심한 피로에 그가 오만상을 찌푸렸다.

더욱 최악인 건 여기가 최종 목적지가 아니라는 것이다.

이번 촬영의 목적은 어디까지나 오지 탐험, 톱스타인 김우영과 다른 배우들이 아마존 밀림에서 겪는 5박 6일간의 리얼 다큐였다.

현지 시차 적응을 위해 잠시 상파울루의 도심 호텔에서 몸을 쉬고 있지만, 시차 적응이 끝나는 대로 마나우스까지 3시간 30분간의 비행을 해야 했다. 그리고 그곳에서부터 그들의 진짜 여정이 시작된다.

지구의 허파, 원시의 밀림, 생태계의 보고.

수많은 수식어를 가진 아마존에 진입하는 것이다.

당장 김우영 하나만 해도 이렇게나 정신이 없는데 다른 출연자들까지 도착하고 나면 얼마나 고생스러울지 생각하는 것만으로도 머리가 아팠다.

"그아아아……."

장택근의 입에서 기이한 신음 소리가 흘러나왔다.

당장에라도 이 피곤한 촬영 따위는 집어치우고 대한민국으로 돌아가 따뜻한 물에 몸을 담그고 싶었지만, 그렇게 해서는 자신을 소개시켜 준 오지형 카메라 감독의 입장이 난처하게 될 뿐이다.

게다가 이제껏 조연출로 커리어를 쌓기 위해 노력해 온 것이 단번에 날아가 버린다. 조직에 녹아들지 못하는 조연출 따위는 얼마든지 매장시킬 정도로 이 바닥은 냉정했다. 자리는 한정되어 있고 그 자리를 노리는 자는 수도 없으니 그가 팀에서 빠지겠다고 하면 당장 사비를 들여서라도 이 지구 반대편까지 날아올 승냥이들이 차고 넘친다.

이번에도 이를 악물고 견뎌내는 수밖에 없었다.

그렇게 스스로를 다독이고 있는데 누군가 방에 들어섰다.

"형, 오 감독님이 내려와서 한잔하자는데요?"

촬영팀의 막내 정승현이다.

똑같이 이리저리 치이고 고생한 그이건만, 네 살 어린 것도 어린 거라고 29살과 25살의 체력 차이가 느껴졌다. 그다지 피곤해 보이지도 않는 정승현이 장택근에게 다시 말했다.

"안 내려오면 직접 올라오겠다는데요."

그리 말했다면 정말 그러고도 남는 양반이라 그가 끄응, 하며 신음하고 몸을 일으키는데 인터폰이 울렸다.

"아, 지금 간다고요!"

신경질적으로 한마디 내뱉은 장택근이 잠시 뒤에 몸을 굳히며 고개를 숙여 보였다.

"죄, 죄송합니다! 다른 분인 줄 알고."

오지형의 독촉 전화인 줄 알았더니 나윤섭 PD의 전화다.

안 그래도 더러운 성질에 빌미를 잡았다고 욕지거리를 내뱉는 나윤섭의 음성에 그는 보일 리도 없건만 연신 고개를 숙여 보이며 죄송하다 말할 뿐이다.

진땀을 흘리며 전화기를 들고 있던 그가 수화기를 내려놓은 것은 그 뒤로부터 한참이나 지난 뒤였다.

"누구? 나 감독이요?"

정승현이 안쓰러운 얼굴을 해 보이며 묻자 장택근이 침대에 고개를 파묻으며 악을 썼다.

"미친 새끼가 지금 나보고 공항에 가보란다."

평소 이리 치이고 저리 치이는 고충을 주고받았던 사이였던지라 장택근의 말은 거침이 없었다. 그 뜬금없는 말에 정승현이 이유를 되묻자 그가 짧게 대답했다.

"내일 도착한다던 여배우님께서 오늘 도착하신단다. 기다리게 하지 말고 지금 당장 날아가서 모시고 오라신다."

"우와. 피곤하실 텐데. 어쩌시려고요."

"어쩌긴 뭘 어째. 까라면 까야지. 내가 뭔 힘이 있어. 오 감독님한테는 잘 말해줘. 난 바로 공항으로 간다."

아까까지 자리를 함께하고 있었던 포르투갈어 통역사도 돌아간지라, 그는 짧은 영어를 동원해 호텔 프런트에 공항 가는 택시를 부탁했다.

　강인한 여전사의 이미지.

　그가 평소 스크린을 통해 봐왔던 이지원의 첫인상은 그녀를 따르는 수식어 그대로였다.

　일정 탓에 피로한 기색이 가득한 얼굴이었지만 여전히 주변을 압도하는 미모가 인상적인 여성이다. 대충 뒤로 묶은 머리에 브라질의 무더운 날씨에 대비한 짧은 민소매 티셔츠와 핫팬츠, 특별할 것도 없는 차림에도 불구하고 그녀는 빛이 났다.

　섬세한 선을 가진 얼굴은 여성스러우면서도 어딘지 강인하고 억세 보였는데, 장택근은 처음 겪는 압도적인 아름다움에 잠시 할 말을 잊었다.

　"그쪽이 나 감독님이 보낸 사람?"

　이지원의 압도적인 존재감에 가려져 채 발견하지 못했던 여성이 그녀를 대신해 장택근에게 물었다.

　"예, 안녕하세요. 감독님께서 이지원 씨가 오면 호텔로 바로 안내하라고 해서 기다리고 있었습니다. 조연출을 맡고 있는 장택근입니다."

　그의 말에 이지원이 고개를 까딱하며 인사를 한다.

　성의 하나 없는 고갯짓이었지만 이미 그녀의 미모에 감동

받은 장택근은 황송하다는 태도로 마주 고개를 숙여 보였다. 그런 남자들의 태도가 익숙한지 이지원과 그 옆의 여성 모두 당연하다는 기색이었다.

"잠깐만 기다리세요. 매니저 오빠가 지금 짐 가지고 오는 길이라."

매니저인 줄 알았더니 스타일리스트라도 되는 모양이다. 이지원의 옆에 있던 여인의 말에 장택근은 고개를 끄덕였다.

이지원은 주변을 둘러보다 잠시 장택근에게 시선을 멈췄다. 그 투명한 눈동자의 거침없는 탐색에 잠시 움찔한 그가 시선을 피하는데, 그녀가 피식 웃고는 선글라스를 쓴다. 그녀의 아름다운 눈동자가 가려지자 왠지 모를 아쉬움을 느낀 그였지만 내색하지 않았다.

그렇게 어색한 침묵이 그들 사이에 채웠지만 얼마의 시간이 지나자 저 멀리 카트 가득 가방을 쌓은 사내가 그들을 향해 다가왔다.

"안녕하세요. 이지원 씨 매니저 강민식이라고 합니다. 나 감독님이 보내신 분 맞으시죠?"

"네, 반갑습니다. 조연출 장택근입니다. 피곤하실 텐데 호텔로 바로 모시겠습니다."

제법 정중하게 인사해 오는 매니저의 태도에 장택근이 마주 고개를 숙여 보였다.

넘어가서는 안 된다. 어디까지나 몸에 밴 정중함일 뿐, 톱스타의 매니저인 그의 입장에서는 뒤돌아서면 장택근이라는 이름 석 자 따위는 곧바로 잊을 것이다. 이런 것에 속아 만만하게 보았다가는 언제 얼굴을 붉히게 될지 몰랐다.

'그나저나 짐 더럽게 많네. 큰 차로 잡아야겠는걸.'

카트에 가득 쌓인 짐을 보며 장택근은 한숨을 내쉬었다.

*   *   *

"들어가서 쉬시고 시차 적응도 하셔야 하니 내일 오후까지는 휴식에만 전념하시면 될 것 같습니다."

이지원을 객실까지 안내한 장택근은 꾸벅 인사를 해 보였다.

"특별한 일이 있으시면 903호로 연락하시면 바로 달려오겠습니다."

"그럼 내일까지는 프리라는 거죠?"

그렇게 말하며 돌아서는데 이지원이 그를 잡았다.

공항에서 시금까지 처음으로 들은 그녀의 음성은 약간 허스키하게 살짝 잠겨 듣는 이를 몽롱하게 만드는 마력이 있었다. 저도 모르게 몸을 돌려 그녀를 바라보니 그녀가 물었다.

"오 감독님은 어디 계시죠?"

전혀 생각지도 못한 질문에 그가 잠시 버벅거리자 이지원이 다시 물었다.

"오지형 카메라 감독님 어디 계시냐고요."

조금은 짜증이 섞인 음성에 뒤늦게 정신을 차린 장택근이 어물거리며 대답했다.

"아, 오 감독님은 스태프 분들하고 룸에서 지금 한잔하고 계신데……."

"안내하세요."

그렇게 말하며 정말 방을 나설 채비를 하는 그녀를 보다, 그녀의 매니저 강민식을 바라보니 그가 고개를 절레절레 저었다.

"너무 많이 마시지 마. 너 취하면 여기 감당할 사람 없다."

강민식의 말에 이지원이 시큰둥하게 말했다.

"오 감독 있잖아. 나 지금 터지기 직전인 거 알지? 못 가게 하면 니가 내 스트레스 다 받아줘야 된다."

무언가 일이 있는지 날이 선 그녀의 음성에 강민식이 끄응 하는 신음을 내뱉었다.

"이 기지배는 오빠한테 꼭 너래. 알았으니까 적당히 마셔."

그렇게 그가 대꾸하고는 장택근에게 부탁했다.

"들으신 바대로입니다. 술도 세고 자기 관리 철저한 친구니 취해서 사고 칠 일은 없겠지만, 혹시 모르니 부탁드리겠습니다.".

말이 부탁이지 순 명령과 다름없는 말투다.

장택근이 미처 반박도 못 하고 있는데 이지원이 방을 나서며 그에게 말했다.

"가요."

그 거부할 수 없는 미묘한 카리스마에 장택근이 저도 모르게 앞장을 섰다.

그녀가 묵을 스위트룸 층과는 다르게 일반실에 있을 오지형의 숙소는 한참이나 아래층에 있었다. 엘리베이터에 타고 목적한 층에 도착하기를 기다리는데 이지원이 말을 걸어왔다.

"민식 오빠 말 신경 쓰지 말아요."

갑작스러운 그녀의 말에 뭐라 대답할 말을 찾지 못해 그가 눈만 끔벅거리는데 그녀가 다시 말했다.

"저 술 잘 마셔요. 그리고 오 감독님하고는 처음도 아니니 저 신경 쓰지 말고 볼일 보세요. 몇 호죠?"

뭔가 제멋대로긴 한데 김우영과는 다른 느낌이다.

김우영이 천지 분간 못 하고 내키는 대로 행동한다면, 그녀는 뭔가 거부할 수 없는 매력을 앞세워 자신의 페이스대로 행동한다고나 할까. 거부감보다는 상대를 혼란스럽게 만드는 그녀의 행동이었다.

마침 목적한 층에 도착한지라 그가 먼저 엘리베이터에서 내려 오지형의 숙소로 앞장섰다.

오지형이 묵고 있는 객실의 앞에 서니, 벌써부터 시끌벅적한 소리가 들려온다. 장택근은 호텔 측에 항의가 들어오지 않는 것이 용하다 생각했다.

'아니, 어쩌면 벌써 항의가 여러 건 들어왔을지도 모르지.'

어찌나 시끌벅적한지 벨을 여러 번 누르고 나서야 누군가가 문을 열어줬다. 이미 술을 꽤 마신 모양인지 얼굴이 시뻘게진 촬영팀의 막내 정승현이 그를 보고 반가운 척을 하려다 이지원을 보고 얼어버렸다.

"오 감독님 안에 있죠?"

이지원이 객실 입구에 선 장택근과 정승현을 지나쳐 곧장 객실 내로 향했다.

"그래서 말이야, 내가 우리 마누라한테 말을 하는데… 어? 지원이 아냐?"

술이 꽤 됐는지 고정 레퍼토리를 한창 읊어대던 오지형이 이지원을 보고는 눈을 크게 떴다. 그의 이야기에 한창 집중하고 있던 몇몇 스태프가 뒤늦게 이지원을 발견하고는 자리에서 벌떡 일어났다.

일반 객실인지라 넓지 않은 실내에 신문지를 깔고 한국에서 가져온 과자 따위를 안주 삼아 술판을 벌이던 그들 사이로 이지원이 불쑥 주저앉았다.

"오랜만이에요, 오 감독."

거침없는 그녀의 행동에 사람들이 멍하니 입만 벙긋거리는데 뒤늦게 정신을 차린 오지형 감독이 이지원의 머리를 마구 헝클어뜨렸다.

"이야, 이 자식. 이게 얼마만이야."

너무나 격의 없는 그의 행동에 사람들이 억 하고 신음을 내뱉는데 엉망이 된 머리를 대충 쓸어 올린 그녀가 바닥을 나뒹구는 술잔을 찾아 허리춤에 슥슥 문질렀다.

"한 잔 줘요."

아름다운 외모와는 너무도 동떨어진 털털한 태도다. 엉거주춤하게 자리에서 일어났던 스태프들이 가만히 눈치를 보다 도로 자리에 앉았다.

"자식, 여전하네. 술 고파서 왔냐? 한 잔 쭉 들이켜."

그녀가 내민 잔에 가득 양주를 채워준 오지형이 저 멀찌감치 서서 자신들을 바라보고 있던 장택근과 정승현을 불렀다.

"백근이도 이쪽으로 와서 앉아. 뭐 하고 있어. 승현이는 가서 소주 좀 더 가져와라."

한편에 수북하게 쌓인 양주와 맥주가 있음에도 술을 더 가져오라 말하는 그의 태도에 이지원이 불퉁거렸다.

"술 많구먼. 뭘 또 가져오래요. 첫날부터 먹고 죽으려고?"

어느새 비웠는지 빈 잔에 다시 술을 채워 넣는 그녀를 보며 오지형이 너털웃음을 터뜨렸다.

"인마! 너 소주밖에 못 먹잖아. 양주나 맥주 먹으면 금방 취하면서."

"그게 언제 적 이야긴데… 이제 소주보다 양주를 잘 먹으니까 신경 끄셔."

그 거침없는 대화에 그들이 꽤나 오랜 인연이 있음을 깨달은 주변 사람들이 묘한 표정을 지었다. 아무래도 최고의 여배우로 자리매김한 그녀의 털털한 태도에 감동이라도 받은 모양이었다.

"인사가 늦었네요. 이지원이에요. 반가워요."

그녀의 말마따나 인사가 조금 늦었지만 그걸 트집 잡을 사람, 아니, 남자는 적어도 이 자리에 없었다. 사람들이 앞다투어 그녀에게 인사를 건네느라 자리가 소란스러워지는 사이 정승현과 장택근도 슬그머니 자리에 앉았다.

*　　　*　　　*

이지원은 그들의 생각보다 더욱 털털했다. 외모까지 말할 것도 없이 여배우라는 타이틀에 어울리지 않게 아무렇게나

바닥에 주저앉아 오징어 따위를 질겅거리는 그녀의 모습이
스크린에서의 모습과는 너무도 달랐다.

고급스러운 바에 앉아 최고급 와인만을 즐길 것 같은 그녀
가 보이는 너무도 의외의 모습.

추하다기보다는 오히려 신선한 매력으로 느껴졌다.

게다가 술도 어지간한 남자는 찜 쪄 먹을 정도로 잘 마셨
다. 그 증거로 처음 그녀의 합류에 후끈 달아올라 법석을 떨
었던 사람들도 대부분 제 숙소로 돌아가거나 구석에서 잠이
들어 있었다.

그나마 자리를 지키고 있는 사람이라고는 오지형과 장택
근, 정승현뿐이었다. 그나마 정승현도 꾸벅꾸벅 졸다가 이내
옆으로 기울더니 쓰러져 그대로 일어나지 않는다.

"너 인마, 내일 오기로 한 거 아녔어?"

오지형의 말에 이지원이 주변을 쓰윽 둘러보다 장택근을
바라본다.

"저놈이라면 믿을 만해. 괜히 쓸데없이 입 놀리고 다닐 놈
은 아니야."

"오 감독이 그렇다면 그렇겠지."

자신의 이야기가 나오자 화들짝 놀라 자세를 바로 한 그가
자신을 바라보는 이들의 눈빛에 괜스레 술을 들이켰다.

"원래는 내일 오려고 했는데, 광고주 새끼 때문에 열 받아

서 그냥 와버렸어."

그녀의 말에 장택근과 오지형이 쓴웃음을 지었다. 더 듣지 않아도 뻔한 이야기다. 아름다운 여배우와 광고주, 필시 스폰 제의라도 받은 기색이었다.

이 바닥에서는 워낙 흔한 이야기이기도 했지만 그녀 정도나 되는 스타에게 간 크게도 그런 제안을 한 광고주도 예사 인물이 아니었다. 신인도 아니고 더 이상 올라갈 곳이 없을 정도의 위치인 그녀에게 스폰 제안이라니, 어지간히 그녀의 매력에 빠진 모양이었다.

"그래도 적당히 거절하고 일 마치고 오지 그랬어."

오 감독이 그녀의 내심을 짐작하면서도 짐짓 나무라니 그녀가 눈썹을 찡긋거렸다.

"왜 이래, 오 감독. 여배우는 적당히 도도하고 싸가지가 없어야 한다고 말한 게 당신이야. 이제 와서 무슨 되도 않을 소리야."

"미친년. 순해 빠진 년이 이 바닥에서 이리저리 치이는 게 불쌍해서 해준 말이었지. 누가 그걸 인생관으로 삼으래. 그리고 너 인마. 넌 너무 도도해, 자식아."

오지형이 걸쭉한 욕설을 내뱉었지만 이지원도 장택근도 신경 쓰지 않았다. 이지원은 원래부터 오지형과 격의 없는 사이인 모양이었고, 장택근은 이미 여러 차례 그들 사이에 오가는 스스럼없는 대화를 통해 그들의 관계를 짐작한 탓이었다.

"하여간 난 그때 오 감독 말 듣고 여기까지 올라왔어. 이제 와서 나보고 내숭이나 떨며 광고주들 비위나 맞추라는 거야, 뭐야."

그렇게 말한 그녀가 다른 이들의 잔에 양주를 가득 채웠다. 오지형이야 워낙 주당으로 유명했지만 장택근은 겨우겨우 버티고 있었던지라 단지 가득 찬 잔을 보는 것만으로도 헛구역질이 올라왔다.

"억지로 자리 지키지 말고 피곤하면 들어가요."

이 술자리 통틀어 그녀가 처음으로 그에게 건넨 말은 축객령이나 다름없었다. 술기운 탓인지 왠지 서운한 감정이 든 그는 오기로 술잔을 비워냈다.

"장택근이, 이거 오늘 남자답네."

오지형이 호쾌하게 웃으며 그의 등을 두들겼다. 그 탓에 겨우겨우 참고 있던 욕지기가 단숨에 치밀어 올랐다. 화장실로 달려갈 새도 없이 입을 막은 양 손가락 사이로 토사물이 튀었다. 그와 동시에 억지로 내리눌렀던 취기가 단숨에 오르며 그의 의식이 희미해진다.

희미해지는 시야 사이로 토사물을 뒤집어쓴 이지원이 헛웃음을 짓는 모습이 그가 본 마지막 기억이었다.

　　　　　*　　　*　　　*

　　천천히 의식이 돌아온다. 꿈을 꾸듯 희미한 현실감이 머리를 쪼갤 듯한 두통과 함께 찾아왔다. 양손으로 머리를 감아쥐며 몸을 비트는데 역한 토사물 냄새가 코를 찔렀다.

　　"어떻게 된 거지. 어제 오 감독님과 이지원 씨랑 술을 먹다가……."

　　몽롱한 가운데 눈을 껌뻑거리며 기억을 더듬던 장택근은 비명과도 같은 욕설을 내뱉으며 몸을 일으켰다.

　　"이런 미친!"

　　언뜻언뜻 스쳐 가는 전날 밤의 영상 사이로 어마어마한 광경이 떠오른 탓이었다.

　　이리저리 튄 토사물에 황당한 기색을 하곤 자신을 쳐다보던 이지원의 얼굴, 부디 그것이 꿈이기를 바라고 바랐다.

　　하지만 현실은 잔인했다. 반쯤 끊어졌던 영상들 사이로 기억이 채워지며 전날의 일이 명확하게 기억이 났다.

　　"국민 여배우에게 오바이트를 했어! 맙소사!"

　　너무도 믿기 힘든 현실에 그는 다시 눈을 감았다. 이것마저도 꿈이기를 바라는 간절한 마음에 다시 잠을 청하려는데, 잠이 올 리가 만무했다. 결국 욕설과 비명을 내지르며 몸을 일으킨 그는 비틀거리며 객실 내에 비치된 전화기를 부여잡았다.

몇 번이나 망설인 끝에 전화기의 버튼을 누른 그를 반긴 것은 오지형 감독의 변함없는 목소리였다.

―이제 일어났냐?

퉁명스럽게 물어오는 오지형 감독에게 장택근이 망설이다가 전날의 일을 묻자 오지형 감독이 충격적인 사실을 알려줬다.

―했지. 거하게. 그게 다가 아닐 텐데. 너 완전히 필름 끊어졌구나?

짐짓 놀리는 듯한 오지형 감독의 말투에 장택근은 버럭 성을 냈다. 사실 따지고 보면 숙소로 돌아가려는 그를 잡은 것도 오지형 감독이었고, 이지원과 주량을 맞추도록 종용한 것도 그였다.

―뭐래, 새끼가. 아침부터 시끄럽게. 너 인마, 나한테 지랄하지 말고 이따가 지원이 만나면 미안하다고 해. 걔 입고 다니는 티가 한 장에 수백만 원이야. 어제 니가 아주 그걸 못 입게 만들었어, 인마.

토한 것도 부족해서 만취한 그를 자리에 옮기려는 그녀를 붙잡고 늘어지는 통에 그녀의 티셔츠가 넝마가 됐단다. 그래도 만취한 사람이 한 행동에 크게 앙심 품고 그러는 성격은 아니라며 위로하는 오지형 감독이었다.

아니, 그전에 왜 남자인 오지형 본인이 그를 옮기지 않고 전날 처음 본 그녀가 자신을 옮기려 했단 말인가.

말로는 안주를 반쯤 가린 채 너부러진 장택근이 거슬려서 그녀가 옆으로 밀어내다가 일어난 일이라는데, 이러나저러나 오지형 감독이 원망스러웠다.

물론 장택근이 그런다고 드세기로 유명한 오지형이 눈 하나 꿈쩍할 리가 없었다.

도리어 욕이나 한바가지 먹어야 했다.

택근은 전화를 끊고 나서 앞이 깜깜해지는 것을 느꼈다.

'세탁비를 줘야 하나? 아니, 그 티가 한 장에 수백만 원이라는데 변상해야 하나?'

온갖 걱정에 머리를 부여잡고 있던 장택근이 몸을 일으키고 샤워실로 향했다. 당장 코를 찌르는 악취부터 해결하는 게 급선무라 생각한 탓이다. 마침 시계를 보니 시간 또한 넉넉지 않아 그는 샤워를 마치곤 곧바로 옷을 갈아입었다.

그러고는 오늘의 일정을 준비하기 위해 객실을 나섰다. 엘리베이터 앞에 서서 엘리베이터가 도착하기를 기다리는데 또다시 전날의 숙취와 기억이 그를 괴롭혔다.

'설마 국민 여배우나 되어서 그깟 일로 촬영을 보이콧하지는 않겠지.'

말도 안 되는 상상을 하고 있는데 엘리베이터가 도착했다.

"으악!"

하필 엘리베이터에 먼저 타고 있던 선객이 이지원과 그녀의 스타일리스트다. 이지원이 장택근을 보고는 미미하게 눈살을 찌푸렸다.

"못 쓰겠네. 술도 약한데 술버릇도 안 좋아."

대뜸 인사 대신 건네 오는 그녀의 첫마디에 그가 고개를 숙여 사과부터 했다.

"죄송합니다! 어제는 제가 너무 취해서!"

몇 번이나 고개를 숙이며 사과를 하는데 그녀가 다시 말했다.

"됐고. 그쪽도 숙취로 머리 깨나 아플 텐데 머리 그만 흔들고 똑바로 서."

의외로 전혀 화가 나지 않은 그녀의 음성에 슬그머니 고개를 들자 그녀 곁에 서 있던 스타일리스트 아가씨가 키득거렸다.

"저기요. 대충 이야기는 들었는데 언니 그런 거 신경 안 쓰니까 걱정 말아요. 원래는 언니가 사고를 치는 쪽인데 처음이네요. 언니한테 사고 친 사람은."

장난기 다분한 그녀의 음성에 그가 머쓱한 표정으로 다시 사과를 하는데, 이지원이 도도한 표정으로 그녀에게 말했다.

"쓸데없는 소리 마."

전날 마신 술의 양만 비교하면 오지형 감독에 못지않건만 피로한 기색은커녕 광채가 나는 피부를 한 그녀가 스타일리스트를 이끌고 엘리베이터를 나섰다.

잠시 멍한 표정으로 그녀를 바라보고 있던 장택근은 엘리베이터 문이 닫히려 하자 서둘러 걸음을 옮겼다.

*　　*　　*

장택근이 한창 스태프들을 챙기고 장비를 점검하며 마나우스로 갈 채비를 하는데, 이지원이 로비로 내려왔다. 시간을 보니 소집하기로 한 시각과 한 치의 오차도 없다. 조금만 인기를 얻어도 시간 약속 따위는 길가에 널린 개똥보다 우습게 아는 다른 배우들과는 달리 그녀는 스태프와의 약속을 엄수했다.

전날의 일로 그녀와의 대면이 많이 불편해진 그가 일부러 더 부산을 떨며 스태프들을 독촉했다.

"얌마, 다 점검 끝났어. 그만하고 넌 김우영이나 찾아와. 어제부터 코빼기도 안 보여."

음향기기와 장비들을 체크하고 있던 또 다른 스태프가 그를 보며 핀잔을 주는데, 아닌 게 아니라 호텔에 들어선 이후로 김우영이 보이지를 않았다. 제 버릇 남 못 준다고 어디 가서 또 사고를 친 건 아닌가 와락 걱정이 되는데, 마침 저 멀리서 어슬렁거리며 내려오는 김우영이 보였다.

"어휴. 피곤해. 뭘 이렇게 일찍부터 불러."

해가 이미 중천에 떠 있건만 하품을 하며 말하는 그의 눈가가 시커멓다. 피곤하다며 숙소에 틀어박히더니 어디 몰래 빠져나가 술이라도 진탕 마시다 온 모양이다.

건들거리며 스태프들을 지나쳐 호텔 로비의 소파에 앉으려던 그를 매니저가 끌어당기며 뭐라 소곤거렸다. 대체 무슨 이야기를 들었는지 느긋하게 소파에 늘어져 있던 그가 몸을 벌떡 일으키며 로비를 두리번거리며 누군가를 찾았다.

"지, 지원이 누나."

저 멀리서 팔짱을 낀 채 그를 바라보고 있던 이지원을 뒤늦게 발견한 그가 부리나케 달려 그녀에게 인사하는데 인사를 받는 그녀의 태도가 여간 차가운 게 아니다.

"누나? 내가 왜 네 누나야?"

"저… 저기 선배님……."

그렇게나 거드름을 피우던 그도 경력이나 인지도 면에서 비교가 되질 않는 이지원을 만나고 보니 고양이 앞의 쥐가 따로 없었다.

"선배? 내가 선배라는 걸 아는 놈이 지금 이 시간에 내려와? 요즘엔 선배가 후배 기다리디?"

하는 말마다 꼬투리를 잡으니 김우영이 죽상을 하고는 연신 죄송하다 사과를 했다. 그녀는 처음부터 김우영이 마음에 들지 않았는지, 그의 위아래를 훑어보다 이내 무시를 했다.

가라는 말이 없으니 돌아가지도 못하고, 그렇다고 그녀에게 말을 걸자니 뒷일이 두려워진 김우영이 이러지도 저러지도 못하는데 나윤섭 PD가 출발을 알렸다.

"그럼 저는 가보겠습니다."

자신에게 배정된 차를 향해 도망치듯 사라지는 그를 보며 스태프들이 키득거리는데 이지원이 옆의 매니저에게 물었다.

"쟤가 왜 여기 있는 거야? 원래 김윤식이 오기로 했던 거 아니야?"

"아, 김윤식이랑 김우영이랑 같은 기획사잖아. 기획사에서 본전 생각나서 굴리는 거지."

그의 말에 그녀가 알 만하다는 표정을 지어 보였다가 이내 무표정한 평소의 얼굴을 했다. 분주하게 움직이는 스태프 중 몇 명이 그녀의 짐을 옮겨주며 그녀를 차로 안내했다.

3장

촬영

전날의 비행에 비하면 너무도 짧게만 느껴지는 세 시간 반
의 비행을 마친 촬영팀은 마나우스의 공항에 내렸다.

브라질 아마조나스 주의 주도인 마나우스는 아마존 분지
에 자리한 내륙 항이다. 촬영팀의 예상과는 다르게 꽤나 발달
한 모습을 한 이 도시는 자유무역지구로 신정되어 600여 개
가 넘는 외국계 기업이 진출한 브라질 최고의 공업 단지이기
도 하다. 아마존의 지척에 있으면서도 제법 번영한 모습을 한
도시의 모습이 아이러니했다. 지구의 허파라고 불리는 곳에
있는 상업 도시와 공업 단지라니.

모습이야 어쨌든 간에 상파울루와는 비교도 되지 않을 습도와 폭염이 촬영팀을 반겼다. 당장에라도 타고 왔던 비행기를 도로 타고 돌아가고 싶은 찜통 속에서 스태프들은 분주하게 장비를 챙기고 소품을 점검했다.

원래대로라면 한껏 툴툴거렸어야 할 김우영도 별말 없이 인상만 찡그리고 섰다. 이지원의 눈치를 보느라 그저 입만 삐죽 내밀고 있었다.

이지원이 불편한 장택근이었지만, 그녀 덕에 김우영을 한결 다루기 편해진 것만큼은 그녀의 공을 인정하지 않을 수가 없었다.

"자, 원래는 호텔에 들렀다가 아마존으로 진입하려고 했는데, 관리국이 언제 또 트집을 잡을지 모르니 바로 아마존 내부의 베이스캠프로 향하겠습니다!"

나윤섭 PD가 부산스럽게 움직이는 스태프들을 향해 말했다.

"이지원 씨, 괜찮으시죠?"

그녀는 별다른 반대 없이 고개를 끄덕였는데, 그러한 그녀의 행동 탓에 불만을 표하려던 김우영도 입을 다물고는 결정을 따라야 했다.

무덥고 습하지만 맑은 공기를 즐길 새도 없이, 장택근은 스태프들을 보조하며 마나우스 항구로 향했다. 미리 섭외해 둔

선박들과 현지 안내원을 비롯한 통역원들이 그들을 반겼다.

"안녕하세요. 리까르도 박입니다."

이곳까지 그들을 따라왔던 통역원은 아마존 내부까지는 함께 가지 않기 때문에, 아마존 투어를 가이드하던 교포 2세가 통역을 맡기로 했다. 그가 그리 크지 않은 선박들의 선장을 한 명, 한 명 소개했다.

말이 선장이지 선원이라곤 본인 하나밖에 없는 통통배들인지라 촬영팀의 인원들이 불안한 표정을 지었다.

그런 그들의 기색을 읽었는지, 까만 피부를 한 선장들이 뭐라 하니 리까르도 박이 말을 전해왔다.

"어차피 베이스캠프가 꾸려진 '모아족'의 영역까지는 한나절이면 도착하는 거리고, 그 정도는 눈 감고도 다니는 사람들이니 그렇게 불안해하지 않으셔도 됩니다."

그렇게 말한 그가 나윤섭 PD를 향해 다가왔다.

"근데 생각보다 짐이 많아서 요금을 더 줘야 하겠다는데요?"

이미 지불하기로 한 금액만 해도 적은 돈이 아니었넌지라 나윤섭 PD가 얼굴을 일그러뜨리는데 리까르도 박이 그를 달랬다.

"이 정도 인원이 한 번에 들어가는 데 이 정도 비용이면 비싼 건 아닙니다. 그리고 이들만큼 길을 잘 아는 선원도 찾기가 쉽지는 않아요."

그간 몇 번이나 답사를 했던 마나우스다. 사실 이런 상황이 처음은 아니었다. 아마존의 원주민들과 산림을 관리하는 관청부터 시작해서 현지 가이드와 안내인들까지. 누구 하나 녹록한 사람이 없었다.

시간 약속을 지키기는커녕, 수시로 말을 바꾸며 답사팀을 골탕 먹인 그들인지라 이제 와서 이들이 하는 요구는 그렇게 놀랍지도 않았다. 당장 출입 허가를 위해 드나들던 관리국 사람들만 해도 말을 몇 번이나 번복하던지… 나중에 알고 보니 뒷돈이 없으니 일이 빠르게 진행되지 않은 것이었다.

당장 눈앞에서 선원들의 요구사항을 통역하는 이 사내만 해도 몇 번이나 요금을 올려 받았는데, 모르긴 몰라도 아마 이번 촬영팀과의 일로 한 밑천 제대로 챙겼을 것이다.

알면서도 당할 수밖에 없는 상황에 분통이 터진 나윤섭 PD가 애꿎은 장택근을 나무란다.

"야이, 새끼야. 너 뭐하는 새끼야. 제대로 장비 목록하고 전달 안 했어? 일 똑바로 안 하지!"

가뜩이나 불쾌한 마나우스의 기후에 짜증이 가득 차 있던 지라, 하는 말 한마디 한마디가 필요 이상으로 과격하고 거칠었다.

하루 이틀 나윤섭 PD에게 당하는 장택근도 아니었지만, 그 역시도 습하고 더운 날씨 탓에 예민해졌었던 탓인지 속이 말이 아니다.

부글부글 끓어오르는 화를 내리누르며 죄송하다고 연신 사과를 하는데, 어찌나 화가 나고 속이 상하던지. 오지형이 말리지 않았으면 이번에야말로 정말 나윤섭 PD를 들이받을 뻔했다.

"거, 현지 놈들이 다 도둑놈의 새끼들인 거 알고 있었으면서 왜 애꿎은 애를 잡아. 잡으려면 눈앞의 도둑놈을 잡아야지."

험악한 인상의 그가 성큼 다가서며 말하자 나윤섭 PD가 움찔했다가 이내 몸을 돌렸다.

"너 인마. 똑바로 해. 내가 다 보고 있어."

돌아서면서도 오지형 감독에게 밀려나는 모양새가 되긴 싫었는지, 끝까지 한마디 한다. 오지형이 그런 나윤섭 PD를 보며 고개를 절레절레 흔들다가 통역에게 시선을 옮겼다.

인상부터가 범상치 않은 그의 모습에 위축된 리까르도 박이 어색한 미소를 지었다.

"내가 전부터 남미 새끼들 전부 도둑놈의 새끼들인 건 알고 있었지만, 자꾸 이런 식이면 곤란해. 언제까지 끌려다닐 거야. 당신이 챙긴 알선비나 가이드비는 이런 일 제대로 처리하라고 준 거야. 돈을 받았으면 돈값을 해야지."

사납게 으르렁거리는 기세가 자못 사나워 리까르도가 핼 쑥해진 얼굴로 고개를 끄덕였다.

"좋아. 그렇게 하면 서로 얼굴 붉힐 일도 없다고. 그럼 이제 문제없지? 출발하자고."

오지형의 말에 연신 고개를 끄덕이는 게 그 인상에 꽤나 겁먹은 모양이다. 185㎝의 키에 100㎏ 가까이 되는 거구를 한 사내가 얼굴까지 험악하니 겁먹지 않는 게 도리어 이상할 지경이다.

그가 하는 양을 바라보고 있던 장택근이 어깨를 으쓱해 보이곤 스태프들을 다그쳐 짐을 옮겼다.

*   *   *

그렇게 마지막까지 남아 선적 작업을 지휘하다 보니 장택근은 공교롭게도 이지원과 한배를 타게 됐다. 스타일리스와 매니저는 이곳에 남기로 한 모양인지 혼자 배에 오른 그녀가 무심하게 그를 바라보다 한마디 했다.

"안 타?"

아마존 강을 배경으로 작은 배에 탄 미모의 여인, 보는 것만으로도 황홀할 정도로 아름다운 풍경이다. 반쯤 넋을 놓고 그 모습을 바라보고 있던 그가 그녀의 심드렁한 음성에 정신을 차리곤 배에 올랐다.

배에 오르는 그에게 누군가가 6㎜ 핸드카메라를 건네줬다. 어떻게 보면 김우영 따위와는 비교도 할 수 없는 인지도를 가진 그녀니만큼 미리미리 촬영분을 만들어둬야 했다.

배에 오르고 나니 하필 밉살맞은 통역도 같은 배를 타게 됐다. 아마존의 한 지류에 올라탄 감동을 느낄 여유도 없이 그는 불편함이 한가득인 배 위에서 카메라를 조작하는 척하며 이지원의 시선을 피했다.

그 와중에 리까르도 박이 연신 느끼한 멘트를 던지며 이지원에게 친한 척을 하는데, 그녀는 짧게 대답하다가 나중엔 그마저도 귀찮은지 입을 다물었다. 그런 그녀의 무관심한 태도를 눈치채지 못했는지 그가 연신 입을 놀려댄다.

"이 아마존이 말입니다. 보기에는 아름답지만 당장 배에서 내리기만 해도 얼마나 위험한지, 현지인들도 경험 많은 안내인이 없으면 실종되기 일쑤입니다."

'보기에 아름답기는 개뿔. 모기 때문에 죽겠구만.'

장택근이 속으로 투덜거렸다. 맑은 공기와 아름다운 경치에 감동할 겨를도 없이 온몸에 달라붙는 벌레들 탓에 그는 연신 몸을 비틀고 손을 휘저었다. 그런 갖은 노력에도 불구하고 출발한 지 한 시간도 되지 않아 양 팔뚝에 벌레 물린 자국이 그득해지는데, 이지원이 그런 그를 보다 말했다.

"방충 스프레이 줄까?"

시큰둥한 그녀의 음성이 어찌나 반갑던지, 그는 그녀와의 불편한 관계조차 잊고 연신 고개를 끄덕였다.

그 바람에 말이 끊긴 리까르도 박이 머쓱한 표정을 지었지만, 장택근이나 이지원은 신경조차 쓰지 않았다. 장택근은 그저 그녀가 건네준 스프레이를 온몸에 뿌리느라 정신이 없었다. 그렇게 하고도 이미 벌레에 뜯길 대로 뜯긴 터라 괴로움은 가시지 않았지만 그나마 달려드는 벌레 떼가 덜해진 탓에 한결 여유가 생겼다.

그제야 장택근은 주변을 둘러볼 여유가 생겼다.

"우와!"

덥고 습해 불쾌하기만 한 기후가 강을 거슬러 달리는 보트에 불어오는 바람에 단숨에 잊혀졌다. 빠르지도 느리지도 않은 보트의 속력이건만, 지금만큼은 태평양 한가운데를 질주하듯 상쾌하기만 했다.

녹갈색의 우거진 밀림과 빛을 받아 산란하는 갈색 강물까지 모든 것이 사진으로 봤을 때와는 다른 감동이었다. 다만 관광 지역으로 개발된 탓인지 중간중간 보이는 시설물들이 거슬렸지만, 장택근은 난생처음 보는 일대 장관에 감동해 버렸다.

연신 감탄성을 터뜨리는 그를 보며 이지원이 미미한 미소를 지었다. 그녀 역시도 곁에서 말을 자꾸 걸어오는 이 통역이란 사내만 없었다면 조금 더 경치를 즐길 수 있었으련만, 이 눈치 없는 사내는 끊임없이 그녀의 호감을 사기 위해 입을 놀려댔다.

그래도 중간에 장택근이 촬영 분량을 만들어야 한다는 말로 그를 배의 한구석으로 몰아내자 그녀는 한결 편안한 표정을 지어 보였다.

정말 방송 매체를 통해서 보았을 때와는 다른 압도적인 광경이다. 끝없이 이어지는 갈색 강물 양옆으로 펼쳐진 원시의 수림은 중간중간 인간의 손을 탔음에도 불구하고 감동 그 자체였다.

하지만 아무리 감동적인 광경이라도 계속 보다 보면 질리게 마련이다. 끝없이 반복되는 경치에 장택근이 느끼던 감동도 희미해져만 간다.

그렇게 감동이 사라지고 나니 보이는 거라곤 끊임없이 반복되는 갈색 물길과 진녹색의 밀림뿐이다. 방충 스프레이도 효과를 다했는지 기승을 부리는 벌레들 탓에 다시금 짜증이 일어난다.

"당신이 오 감독이랑 언니랑 결혼하는 데 일등 공신이라지?"

양손을 휘저으며 달려드는 벌레를 쫓고 있는데 그녀가 말을 걸어왔다. 전날 이미 눈치챘지만 오지형 카메라 감독과의 인연이 보통이 아닌 모양이다. 장택근은 그녀의 말에 대충 대꾸했다.

"오 감독님이 좀 센스가 없어야죠. 그대로 뒀다간 있는 순정까지도 소도둑 놈 심보로 매도될 판인데 가만히 볼 수가 없더라고요."

그래도 같은 배에서 좀 있다 보니 불편함이 덜해졌는지 그가 꺼리지 않고 대답하다 움찔했다.

'언니? 형수보다 어리면, 나보다 어리다는 건데……'

뒤늦게 떠오른 그녀의 프로필, 27살밖에 되지 않은 그녀였건만 톱 여배우의 카리스마에 그만 압도되어 버렸었나 보다.

"저기요. 죄송한데 제가 지원 씨보다 두 살이나 많은데."

"불만 있으면 그쪽도 말 놓든가."

막상 저렇게 쿨하게 나오니 도리어 그가 꺼려졌다. 아무리 나이가 더 어리다고 해도 저쪽은 나윤섭 PD조차 함부로 대하지 못하는 톱스타고 자신은 조연출 나부랭이일 뿐이다. 선뜻 말을 놓기가 꺼려졌다.

그가 그러거나 말거나 이지원은 심드렁하게 말했다.

"뭐, 말 놓고 안 놓고야 당신 자유지만 오 감독하고 대화하는 거 봤으면 대충 내 성격 파악했을 거야. 알아서 하라고. 나중에 싸가지 없네 뭐네 뒤에서 욕하고 다니지 말고."

그녀의 말에 결국 그는 두 손 두 발 들었다.

그렇게 한 번 말을 트자 장택근은 시원시원한 성격의 이지원 탓에 불편한 마음이 많이 희미해졌다. 전날의 실수 따위는 머릿속에서 지운 듯 무심하게 말을 걸어오는 그녀와의 대화는 특별할 것 없이도 꽤나 즐거웠다.

"어쨌든 이지원 씨는 따로 합류하는 걸로 이미 콘티가 짜여서 바로 촬영에 들어가지는 않을 모양입니다."

리얼 다큐멘터리는 개뿔이. 지난 촬영이 엎어진 것을 만회할 생각뿐인 나윤섭 PD는 그저 그런 오지 체험 정도로 촬영을 마무리할 생각이 없는 모양이었다. 한국에서부터 작가들을 동원해서 시나리오를 몇 개인가 써왔는데, 꽤나 공을 들인 덕인지 제법 탄탄하게 일정이 짜여 있었다.

"뭐, 그거야 이미 들어서 알고 있고."

그녀 정도의 위치라면 제작진의 요구에 까탈을 부릴 만도 하련만, 그녀는 시종일관 일정을 군말 없이 따르겠다는 의사를 보였다.

까칠한 말투와는 달리 제법 일하기 괜찮은 배우라는 생각에 장택근이 미미한 미소를 지었다.

대충 뒤늦게 합류하는 콘셉트로 쓸 촬영 영상도 만들었고, 남은 거라고는 이 지루한 여정이 어서 끝나기를 바라는 것뿐이다.

그녀와 대화를 하느라 제법 시간이 갔지만 아직도 베이스캠프가 있는 모아족의 영역에 닿으려면 한참이나 가야 했다. 중간중간에 리까르도 박의 장황한 설명이 있었지만 보트는 그저 조용하게 목적지를 향해 나아갔다.

*　　　*　　　*

그렇게 얼마나 벌레 떼와 지루함에 끙끙댔을까.

"다들 내릴 준비 하세요!"

날이 제법 어둑어둑해질 무렵이 되자 촬영팀을 태운 배들이 강 한편의 뭍으로 머리를 들이밀었다.

"장비 챙기고! 시간 없으니까 서둘러!"

예상했던 것보다 해가 짧았던 탓에 스태프들이 서로를 재촉하며 짐을 챙기느라 부산을 떨었다. 이지원이 배에서 내리는 것을 확인한 장택근 역시 그들의 소란에 합류해 인원을 점검하고 장비를 챙기느라 열을 올렸다.

그사이 리까르도 박이 김우영이 있는 쪽에 합류해 길잡이로 고용된 현지 안내원의 말을 통역하며 카메라 앞을 오간다.

"모아족은 알려진 것이 별로 없는 원주민 부족입니다. 위치는 마나우스에서 멀지 않은데 이상할 정도로 사람들과 교류가 없다고 할까요."

인간적으로는 별로 신뢰가 가지 않는 그였지만 제법 화술도 좋고 리액션도 다양한 것이 촬영의 묘미를 아는 리까르도 박이다.

"밝았을 때 도착했으면 볼만했을 것 같은데, 이건 뭐 어두워서 뭐가 보여야죠."

김우영 역시 카메라가 돌자 전혀 다른 사람이 되어 능숙하게 다큐의 시나리오를 풀어간다.

역시 배우 하는 것들하고는 상종하지 말아야지. 원, 사람이 저렇게 돌변하니 무섭기까지 하네. 장택근이 멀찌감치서 그런 김우영을 보며 혀를 찼다.

"근데 일정을 누가 짰기에 이 밤에 정글을 이동해."

여기 또 있었다. 카메라 앞에서와 평소의 모습이 너무나도 다른 인간이. 짜증이 그득한 이지원의 말에 그가 조용히 대답했다.

"그게 마나우스 관리국에서 허가를 늦게 해주는 바람에 일정이 좀 꼬였거든요. 예능국이나 드라마국하고 달라서 저희는 예산이 좀 빡빡해요. 그러니 이해 부탁드려요."

사실 나윤섭 PD가 출연자에 대해 욕심을 부리는 바람에 나머지 경비가 빡빡해진 것이지만, 그런 사실까지 굳이 말할 필요는 없었다. 장택근의 말에 이지원이 인상을 찡그리는데 이제껏 마이페이스를 유지해 왔던 그녀의 안색이 별로 좋지 않왔다.

아무래도 어둑어둑해지는 정글을 걷자니 겁이 나는 모양이다. 장택근은 그녀가 보이는 의외의 모습에 내심 웃으면서도 그녀의 심정에 십분 공감했다.

사람 손을 탄 덕에 제법 정리된 길이었지만, 주변의 울창한 수림에 비해서 그렇다는 것이지 절대로 편한 길이 아니었다. 게다가 아마존이라는 이름이 주는 중압감은 당장 이 어설픈 어둠을 뚫고 무언가가 툭 튀어나올 것만 같았다.

"베이스캠프까지는 여기서 금방이에요."

지난 답사에 오갔던 기억을 더듬으며 그가 말하니, 그녀가 애써 태연한 표정을 지어 보였다.

그렇게 어두운 길을 걷다 보니 저 멀리서 불빛이 보였다. 가장 선두에서 걷고 있던 김우영이 불빛을 보며 신이 나 발걸음을 서둘렀다.

이쪽이 오는 것을 알고 있었는지 미리 도착해 있던 베이스캠프의 스태프들과 출연자들이 이쪽을 향해 달려왔다.

"아이고, 안 오시는 줄 알고 식겁했네. 난 또 우리만 여기 버려둔 줄 알았다니까."

국민개그맨으로 한창 사랑을 받는 구대만이 너스레를 떨며 일행을 반겨주었다. 그는 몸을 사리지 않는 개그로 유명했는데, 그들이 도착하기 전부터 촬영에 꽤나 열을 올렸는지 온몸이 구릿빛으로 탄 게 어두운 와중에도 확연하게 들어왔다.

"오시느라 수고하셨습니다!"

넉살 좋게 첫마디를 던진 구대만과는 다르게 깍듯하게 인사를 해오는 여인은 요즘 한창 얼굴을 알려가는 중인 신인 여배우였다. 운 좋게 지난 출연작에서 주목을 받은 덕에 나윤섭 PD의 눈에 띈 케이스였다. 그녀 역시 내로라하는 출연진들 덕에 이번 촬영에 꽤나 욕심이 있었던 모양인지 1차로 마나우스에 도착해서 진즉부터 그들을 기다리고 있었다.

하지만 의욕과는 달리 정글 속에 있는 베이스캠프 생활이 쉽지는 않았는지 얼굴에 그간의 고초가 고스란히 드러나 있었다.

"윤신애 씨, 반가워요."

구대만의 인사에 형식적으로 답한 김우영이 윤신애를 보고는 반색을 하며 반가운 척을 했다. 그간의 고초로 상한 얼굴임에도 불구하고 숨길 수 없는 미모에 혹한 모양이었다.

그 뒤를 이어 운동선수를 하다 배우로 전향해 이제는 제법 알려진 조연 배우로 자리매김한 차동수가 인사를 하며 부산을 떨었다.

윤신애를 제외하고는 전부 김우영보다 데뷔 연도도 빠르고 나이도 있는 이들이었던 터라 김우영도 예의 그 거드름을 피우지 못하고 부지런을 떨었다.

그러다 보니 자연스럽게 그림이 만들어졌다.

모닥불이 몇 개나 피워진 베이스캠프는 제법 단단하게 만들어진 오두막과 텐트 따위가 늘어져 있었고, 그 앞에서 서로를 반기는 사람들 너머로 이제 막 별이 뜨기 시작한 아마존의 하늘이 펼쳐졌다.

나윤섭 PD가 만족스러운 얼굴로 그들을 바라보았다.

"앗, 이지원 선배님!"

그렇게 부산을 떨다가 윤신애가 저 뒤에서 스태프들과 함께 물러나 있던 이지원을 발견하고는 한달음에 달려와 고개를 숙여 보였다.

"선배님은 조금 늦게 오신다고 들었는데 일찍 오셨네요. 오시느라 수고하셨습니다."

김우영을 대할 때보다 몇 배는 더 크게 인사를 하는 터라 서로 인사를 나누고 있던 이들이 뒤늦게 이지원을 발견했다.

"나 신경 쓰지 마. 일정이 좀 꼬여서 일찍 왔는데, 일단은 그쪽만 먼저 촬영한다니까. 동수 오빠는 오랜만이야. 구대만 씨 반갑습니다."

손을 휘저으며 촬영을 계속할 것을 종용하자 윤신애가 눈치를 보다 쪼르르 달려가 다시 출연진들 사이에 합류했다.

그사이에 잠깐 카메라에 그녀가 잡혔는데, 역시나 이름값을 하는지 다른 이들과는 차원이 다른 그림이 잡혀 버렸다. 카메라를 들고 있던 사람들이 공통적으로 떠올린 생각은 어째서 그녀를 늦게 출연시키는지에 대한 의구심이었다. 이름만으로 시청률을 5퍼센트는 올린다는 그녀의 존재거늘 이 먼 곳까지 불러놓고 왜 그녀를 들러리 취급하는가.

"첫 회부터 다 보여주면 뭔 재미로 다음 편을 봐. 5부작까지 길게 가야 한다고."

나윤섭 PD 역시 그런 그녀의 존재감에 자신의 결정이 조금 겸연쩍어졌는지 굳이 변명을 했다.

역시 국민개그맨다운 입심을 자랑하는 구대만을 필두로 출연진들이 카메라 앞에서 부산을 떠는 사이에 스태프들은 분주하게 움직이며 촬영 장비를 나르고 세팅했다.

"인마, 그러게 왜 일찍 와서는 그러고 멀뚱멀뚱 서 있어. 보는 사람 불편하게스리."

오지형 감독이 제 위치를 못 잡고 멀뚱히 서 있는 이지원을 보며 핀잔을 주었다. 이지원이 그 말에 잠시 어이없다는 얼굴을 해 보였다가 이내 고개를 흔들며 장태근을 붙잡았다.

"나 여기 세워둘 거야?"

장태근 입장에선 한창 정신없이 움직이다 뜬금없이 들은 소리라 잠시 영문을 몰라 하다 오지형 감독의 고함 소리에 인상을 찡그렸다.

"나 감독이 바쁘니 네가 지원이 챙겨야지. 저놈이 아무리 일정보다 일찍 왔다고 해도 대한민국 탑 여배우야. 알아서 모셔, 인마."

듣고 보니 또 틀린 말은 아니었던지라 장택근이 이지원을 이끌었다. 출연진이 묵고 있는 오두막과는 조금 떨어진 곳에 있는 오두막에 그녀를 밀어 넣었다.

"뭐 필요한 거 있으시면 부르시고요, 내일 아침 일찍부터 이지원 씨도 촬영 시작할 테니 오늘은 쉬어두세요."

사실 그녀가 출연하는 내일 분량부터가 진짜 촬영의 시작이었다. 미리 도착해 있던 구대만과 윤신애, 차동수는 미리 도착해서 촬영 배경을 설명하는 역할이었다. 상파울루에서 마나우스, 그리고 이 베이스캠프까지 이르는 동안 자연스럽게 모아족과 그 일대에 얽힌 이야기들을 설명하는 걸로 1회 촬영분을 만들었다.

그렇게 배경 설명이 끝난 이후에 그녀가 도착하는 장면부터 실질적인 오지 탐험이 시작될 것이다. 그동안 이 베이스캠프를 중심으로 주변을 탐문하는 정도였다면 내일부터 사실상 이번 촬영의 핵심을 찍게 된다.

'Paso de los perdidos.'

세계 최대의 밀림으로 알려진 아마존은 그 명성답게 꽤나 많은 사건사고와 괴담을 갖고 있었다.

그들은 그중에서도 최근 20년간 실종 사고가 몇 번이나 보고되었던 '빠소 데 뻬르디도스'를 탐사하게 될 것이다.

가장 최근에 일어난 실종 사고가 바로 2년 전이었으니 어쩌면 위험할 수도 있는 촬영이었지만, 나윤섭 PD는 거리낌이 없었다. 어차피 실종자라고 해봐야 다섯 명, 열 명 단위로 이동한 소규모 동물학자뿐이다.

이렇게 수십 명에 달하는 인원이 이동하는데 무슨 일이 있을까 싶기도 했고, 만약을 대비해 무장을 갖춘 현지 안내원들까지 고용했다. 혹시 맹수의 습격과 같은 응급 상황이 벌어져도 대처할 수 있도록 준비를 해놓았다. 또한 베이스캠프에는 응급치료 전문가를 비롯해 유능한 의료진이 대기하고 있었으니, 혹시 모를 불상사는 애초에 크게 걱정하지 않았다.

그래도 아마존이라는 이름값이 있으니 우려하는 스태프들도 없는 건 아니었지만 나윤섭 PD는 그들의 우려를 일축했다. 그냥 오지 체험 정도로는 자극에 만성이 되어버린 시청자들의 눈을 잡을 수가 없다.

아무리 내로라하는 톱스타들을 내세워도 시청자들은 냉정하다. 다큐가 흥행에 실패하면 이지원을 비롯한 이들의 커리어에는 아무런 흠집이 생기지 않는다고 하더라도 나윤섭 PD 개인의 커리어에는 지대한 영향이 있을 것이다.

"음. 뭐 필요한 것 없어요?"

무표정한 얼굴은 처음과 마찬가지였지만 왠지 모르게 그녀가 어쩔 줄 몰라 한다고 느낀 장택근은 발걸음이 떨어지지 않았다. 누가 들으면 비웃겠지만 천하의 이지원이 괜스레 물가에 내놓은 어린아이처럼 느껴졌다고 할까.

　"물이나 좀 가져다주고, 내일 아침에 일어나서 보자고. 근데 여긴 나 혼자 쓰는 거야?"

　조명이 있다고 하지만 조금은 허술한 오두막의 벽 사이로 보이는 정글이 무서웠던 것일까. 꽤나 위축된 그녀의 음성에 그가 고개를 저었다.

　"아니요. 조금 있으면 여자 스태프가 몇 명 올 거예요. 아무리 베이스캠프라지만 여긴 아마존이니까 혹시 모르잖아요."

　그의 말에 그녀가 미미하게 몸을 떠는 것이 보였지만 장택근은 크게 개의치 않았다. 아무래도 이제까지 보아왔던 그녀의 이미지가 워낙에 당찼던 탓이었다.

　그렇게 장택근이 오두막을 빠져나가자 이지원은 홀로 남아 몸을 움츠렸다. 그리 밝지 않은 조명 탓에 오두막의 군데군데에 검은 얼룩처럼 어둠이 도사리고 있었는데, 그녀는 그것이 신경 쓰여 한참이나 노려봤다.

　'천하의 이지원이. 나 이지원이야. 이지원.'

　그녀가 주문처럼 혼잣말을 되뇌었다. 힘들고 두려울 때, 또는 괴롭고 지쳤을 때 그간 그녀를 지탱해 온 마법의 주문이다.

언제 외워도 힘이 나던 주문이지만 아무래도 장소가 장소니만큼 두려움이 쉽사리 사라지진 않았다. 의식적으로 어깨를 곧게 펴고 가슴을 내밀었다.

이제 와서 누군가에게 약한 모습을 보이자니 그간 만들어 온 철옹성과도 같은 마음의 울타리가 무너질 것만 같아 그녀는 꿋꿋하게 심호흡을 하며 두려움을 다스리려 했다.

바스락.

그때 마침 오두막의 입구에서 작은 소리가 들렸다. 애써 폈던 어깨가 다시 움츠러들고 심장이 날뛰는데 오두막의 문이 벌컥 열렸다.

"여기 저녁 식사 대신할 도시락하고요, 물이에요. 모기향은 아까부터 펴뒀으니까 자는 데 불편하진 않을 거예요."

장택근이 손에 든 도시락을 오두막 한편에 내려놓으며 말했다.

"아, 노크를 안 했구나. 죄송해요. 바깥이 하도 정신없어서."

아차 싶은 얼굴로 빠르게 사과한 그가 도망치듯 오두막을 빠져나갔다. 그가 나간 사이 그녀가 잠시 안도의 한숨을 내쉬다가 이내 도시락을 집어 들었다.

'그러고 보니 저녁도 안 먹었는데 배고픈 것도 몰랐네.'

*   *   *

"주고 왔어?"

오지형이 저 멀리서 촬영하느라 부산을 떠는 사람들에게서 시선을 떼지 않은 채 말했다.

"네, 고맙다는 말도 없던데요."

장택근이 불퉁거리며 대답하니 그가 눈동자만 힐끗 돌려 장택근을 바라보다 피식 웃었다.

"얌마, 저 자식이 보기엔 당차 보여도 속은 아직 애야, 애. 매니저 없이 다녀본 적도 없어서 아마 지가 밥 안 먹었는지도 몰랐을걸."

장택근이 그 말에 잠시 고개를 갸웃거리다가 설마 하는 표정을 지었다.

"일찍부터 이 바닥에 들어온 애들 중에 그런 애들이 좀 있어. 어려서부터 이 바닥에서 자란 애들은 지 손으로 할 줄 아는 게 없다니까. 당장 매니저가 하루 종일 붙어서 이거 해라, 저거 해라 시키는 것만 하는데 지들이 뭘 해봤겠냐."

그 말이 제법 그럴싸하게 들려 장택근은 내심 납득했지만 겉으로는 여전히 시큰둥하게 대꾸했다.

"최소한 이지원은 아닐 거 같은데요. 무슨 여자가 이 밀림 속에서 혼자 어두운 방에 있는데 무서운 기색도 없어요."

어깨를 쫙 펴고 곧게 앉아 있던 그녀를 떠올리며 그가 말하자 오지형이 그의 머리에 손을 얹고는 마구 흐트러뜨렸다.

"마! 네가 그러니까 그 얼굴을 하고도 아직 여자 친구가 없는 거야!"

"조연출 하면서 여자 친구 있는 새끼가 어디 있어요. 있어도 죄다 헤어지더만. 괜한 소리 말고 손이나 좀 치워요."

우악스러운 손길에 금세 엉망이 된 머리를 한 그가 불평하니 오지형이 너털웃음을 터뜨렸다.

"어쨌든 겉은 저래도 나쁜 놈은 아니니까 네가 촬영하는 동안 지원이 저놈 좀 챙겨줘."

그 말에 대충 알았노라 대답한 장택근이 한숨을 내쉬었다.

4장

실종자의 길

"이 길이 바로 '실종자의 길'이라 불리는 곳입니다. 1959년에 미국의 동물학자들이 바로 이곳에서 마지막 연락을 취하고 실종된 이후, 2년 전에 호주의 탐사단이 행방불명된 사건까지. 무려 여섯 차례에 달하는 실종 사고가 발생한 지역입니다."

치동수가 그렇게 말하자 이야기를 듣고 있던 이지원이 소름이 끼친다는 듯 어깨를 떨었다.

"마나우스에서 그렇게 먼 곳도 아닌데 그렇게 실종 사고가 잦았다니 좀 말이 안 되는 거 아니에요?"

뒤늦게 합류하는 모양새로 촬영에 합류한 그녀의 멘트가

물 흐르듯이 자연스럽기만 했다. 한참 전에 건네받은 촬영 자료를 꽤나 자세히 읽은 듯, 나윤섭 PD가 원하던 핵심을 너무도 자연스럽게 꺼내어 제시했다.

"그게 바로 미스터립니다. 그나마 실종자들의 소지품이 마지막으로 발견된 곳이 이 부근이라서 막연하게 사고 장소가 알려졌을 뿐, 사실 제대로 알려진 건 아무것도 없다네요."

구대만이 잔뜩 찡그린 얼굴로 주변을 살펴보며 그들의 대화에 끼어들었다. 카메라가 그의 시선을 쫓았다.

마나우스에서 배를 타고 한나절 가서 베이스캠프, 다시 베이스캠프에서 2시간을 걸어 도착한 아마존의 밀림은 그다지 깊은 곳이 아니었음에도 볕조차 제대로 들지 않을 정도로 온갖 식물이 빽빽하게 자라 있었다.

곳곳에 도사린 그림자에서 당장에라도 뭔가가 튀어나올 것만 같은 기분이 드는 것은 비단 이 장소에서 벌어진 사건 사고들 때문만이 아니었다. 보이는 온 사방이 진녹색의 수풀이다.

처음에야 자연의 수려한 경관이랍시고 감탄하던 출연진들이 어느새 그 진녹색의 풍경에 조금씩 겁을 집어먹기 시작했다.

쉴 새 없이 들려오는 이름 모를 동물들의 울음소리와 풀벌레 소리에 괜스레 오한이 돋는 출연진들이었다. 그 모든 모습이 가감 없이 카메라에 찍히고 있었다.

"이야, 이거 뭐 연출이고 뭐고 필요가 없네. 쟤들 겁먹은 거 봐."

기분이 좋아진 나윤섭 PD가 옆에 있던 스태프에게 속삭였다.

아닌 게 아니라 출연진들은 꽤나 위축된 모습이었는데 그 중에서 김우영의 가장 안색이 좋지 않았다.

알고 보니 소속사에서 제대로 촬영 콘셉트를 알려주지 않은 모양인데, 자세하게 설명해 줬나가는 편하고 멋있는 역만 찾는 그의 성격에 브라질행을 설득하기가 쉽지 않을 거란 생각이라도 한 모양이었다.

덕분에 항의하는 그를 설득하느라 애를 먹은 건 장택근이었지만, 도리어 카메라에는 더욱 현장감이 넘치는 모습이 찍혔다.

"근데요. 여기 좀 이상해요. 괜히 소름이 돋는 게, 느낌이 좋지 않아요."

스태프 중에 누군가 그렇게 말하자 나윤섭 PD가 단번에 그를 나무랐다.

"기분 탓이야, 인마. 혹시 몰라서 저렇게 경호원도 있고, 이렇게 사람이 많은데 뭔 일이 있으려고. 쓸데없는 소리 말고 다음 코스로 이동할 준비나 해."

그렇게 순조롭게 촬영을 해가며 밀림을 헤치고 다니는데, 말없이 그들을 따르던 안내인이 사람들을 잡았다.

"잠깐만요. 모두 모여요."

리까르도 박이 전에 없이 진중한 음성으로 스태프들을 잡았다. 한참 서로 주거니 받거니 멘트를 나누며 촬영에 열을 올리던 출연진들이 일순간 그를 바라보았다. 출연진을 잡고 있던 카메라 중 한 대가 그를 렌즈에 담는데 그의 얼굴이 하얗게 질려 있었다.

"근처에 뭔가 있대요. 그러니 소란 떨지 말고 모여요."

가뜩이나 정글이 주는 위압감에 질려 있던 사람들이 순식간에 총을 든 안내인 근처로 모여들었다. 그렇게 사람들이 모여들자 리까르도 박의 곁에 자리를 잡고 있었던 모아족의 안내인이 다시 뭐라 말을 이었다.

"근처가 너무 조용하대요."

그의 말마따나 이제까지 끊이지 않던 풀벌레 소리와 새소리가 들리지 않았다. 그 사실을 뒤늦게 깨달은 사람들이 몸을 떨었다. 모아족의 안내인이 손에 쥔 짧은 단창을 내밀며 사람들 앞으로 나섰다.

"소란 피우지 말고 그대로 있으래요. 뭔가 큰 놈이 근처에 있다고."

총을 어깨에 견착한 안내인들이 사람들을 뒤로한 채 한 걸음씩 앞으로 나섰다. 세 방향으로 나뉘어 어두운 정글을 경계하는 그들의 모습에 사람들이 마른침을 삼켰다.

"카메라, 출연자들하고 저 사람들 빠뜨리지 말고 잡아."

오지형 카메라 감독이 카메라를 든 스태프들에게 나지막하게 말했다. 그 말에 어깨를 잔뜩 움츠린 스태프들이 카메라를 들고 슬금슬금 안내인들의 뒤로 다가섰다.

"Don't move!"

*   *   *

총을 든 현지 안내인의 외침과 모아족의 안내인의 고함 소리가 터져 나온 건 동시였다. 그나마 영어로 소리친 현지 안내인의 말에 사람들이 몸을 멈춘 순간, 어둠 속에서 무언가가 튀어나왔다.

탕!

밀림의 어둠 속에 웅크리고 있던 그림자가 날아오르며 그들을 향해 달려들고, 조용하던 밀림 속에 몇 번이나 총성이 울려 퍼졌다.

크와아아앙!

그 순간 터져 나온 한줄기 포효, 사람들이 그대로 굳어버렸다. 생전 처음 들어보는 맹수의 포효에 사람들이 비명조차 내지르지 못하고 굳어 있는데 또다시 한줄기 총성이 울려 퍼졌다.

어둠 속에서 뛰쳐나온 거대한 그림자가 모습을 드러냈다. 검은 비로드와도 같은 털로 거대한 온몸을 감싼 그것은 날카로운 이가 잔뜩 돋아난 턱을 몇 번이나 덜그럭거리다가 이내 그 흉악한 머리를 숙였다.

"재규어!"

몇 발인지 모를 총알에 몸이 꿰뚫린 재규어가 바닥에 몸을 눕히자 그 거체 아래로 흥건하게 피가 흘러내렸다.

현지 안내인 중 한 명이 조심스럽게 다가가 엽총의 총구로 재규어를 찔러보았다. 검은 재규어가 노란 눈을 치켜뜨며 몸을 꿈틀거리지만 거친 호흡만 토해낼 뿐 다시 일어날 기력은 없어 보였다.

안내인들이 잠시 그 모습을 바라보다가 조심스럽게 다가가 정글도로 목을 베어냈다. 그 잔인한 모습에 여기저기서 신음 소리가 터져 나왔지만, 누구 하나 나서서 말리는 이가 없었다.

안내인들이 하는 냥을 지켜보고 있던 모아족의 안내인이 뒤늦게 고함치며 그들에게 달려들었다.

"이야! 대박이다, 대박. 저게 재규어야?"

나윤섭 PD의 말에 누군가가 대꾸했다.

"아마존에서 가장 상위 포식자래요. 실제로 보면 엄청 크다더니 정말이네요. 저 정도면 동물원에서 본 호랑이만 한데요?"

아직도 놀란 기색이 가득한 그의 음성에 나윤섭 PD가 격앙된 어조로 소리쳤다.

"씨발, 졸라 놀랐네. 이거 다 찍었어? 제대로 찍었냐고?"

재규어와 가장 가까이 있었던 탓에 가장 심하게 놀란 스태프 한 명이 떨리는 음성으로 대답했다.

"다 담았어요."

"초장부터 대박이네. 이번 촬영 진짜 운이 좋은데?"

그가 그렇게 부산을 떠는 사이에 장택근이 사람들을 오가며 다친 사람은 없는지 확인하느라 소란을 떨었다.

다들 다행스럽게 놀라기만 했을 뿐, 별달리 다친 사람은 없는 듯했다. 출연진들의 상태를 체크하던 장택근이 안도의 한숨을 내쉬며 다시 몸을 돌리는데 누군가가 그의 손목을 잡았다.

흠칫 놀라며 고개를 돌리니, 이지원이 무표정한 얼굴로 그를 바라보고 있었다. 이 아가씨가 또 왜 이러나 하며 인상을 찡그리던 그는, 곧 손목을 타고 올라오는 떨림에 눈을 크게 떴다.

무표정하게 보이는 이지원이 손을 덜덜 떨며 그에게 무게를 실어왔다. 깜짝 놀라 손목에 힘을 주며 그녀가 쓰러지지 않도록 하는데, 그녀가 한참이나 그러고 몸을 떤다.

겉으로는 표가 안 나는데 꽤나 놀란 모양인지, 그 떨림이 한참이나 지속됐다. 장택근이 이러지도 저러지도 못하며 이지원과 사람들을 번갈아 보고 있는데, 사람들은 점점 언성을 높여가는 현지 안내인과 모아족의 안내인의 모습을 바라보고 있었다.

"대체 왜 저래?"

"검은 재규어는 이 숲의 주인이라고 함부로 해쳐서는 안 된다고, 안내인들에게 화를 내고 있어요."

리까르도 박이 이마에 흐른 식은땀을 닦아내며 상황을 설명해 주었다.

모아족 안내인은 검은 재규어를 숲의 주인이라며 신성하게 여기는지, 경솔하게 총을 발포한 현지 안내인들에게 심하게 화를 내고 있었다. 자신들이 길을 돌아서 갔더라면 검은 재규어도 자신들도 아무런 일이 없었을 거라며 화를 내는 모아족의 안내인의 성난 태도와는 달리 현지 안내인들은 신이 난 표정이다.

"미친놈 아니야? 그럼 우리가 잡아먹혔어야 해? 하여간 미개한 것들은 안 된다니까."

김우영이 아직까지도 진정이 되지 않았는지 붉게 달아오

른 얼굴로 모아족의 안내인을 욕했다.

"이 정도 인원이면 아무리 재규어가 아마존의 최상위 포식
자라고 해도 쉽게 달려들진 않는데 뭔가 이상한데요?"

리까르도 박의 의문에 대한 답은 곧 밝혀졌다. 동료 안내인
이 모아족의 안내인을 상대하는 사이에 재규어가 나온 수풀
을 살펴보던 또 다른 사내가 재규어의 새끼를 발견한 것이다.

사내가 희희낙락해하며 재규어의 새끼를 들고 오는데 모
아족의 안내인이 방금 전과는 비교도 되지 않는 태도로 격분
해했다. 손에 쥔 단창까지 들이밀며 새끼 재규어를 잡아 온
사내를 위협하는데 그 모습이 절대 장난 같아 보이지 않았다.

"저거 위험한 거 아냐? 새끼는 그냥 놔두지?"

모아족 안내인과 현지 안내인들의 분위기가 험악해지자
스태프들이 걱정스러운 투로 말했다. 오지형 카메라 감독이
리까르도 박의 뒷덜미를 잡으며 그들 사이로 끼어들려는데,
현지 안내인이 총구를 모아족 안내인에게 들이밀었다.

갑작스러운 상황에 그대로 걸음을 멈춘 오지형 카메라 감
독의 손목을 잡아 뒤로 이끌며 리까르도 박이 말했다.

"끼어들지 않는 게 좋아요. 저 사람들 이런 호위 일이 없을
때는 밀렵도 하는 사람들이라 좀 거칠거든요."

아닌 게 아니라 검은 재규어의 시체를 만지작거리는 모양
새가 한두 번 해본 솜씨가 아닌지, 잠깐 사이에 가죽이 벗겨

져 버렸다.

모아족 안내인은 그 모습에 격분했지만 새끼 재규어를 인질처럼 내미는 또 다른 사내 탓에 이러지도 저러지도 못하고 발만 동동 굴렀다.

그들이 하는 양을 그저 보고만 있는 스태프들에게 또 다른 안내인이 다가와 손을 내밀었다. 불쑥 내밀어진 검은 피부의 손에 묻은 핏물이 섬뜩했다.

"저기… 방금 찍은 카메라 필름을 달라는데요."

리까르도 박이 쭈뼛거리며 통역을 하는데, 그 내용을 들은 스태프들이 강력하게 항의했다.

"뭔 말도 안 되는 소리를 하는 거야! 헛소리 말라고 해!"

나윤섭 PD가 코웃음을 치며 대꾸하자 리까르도 박이 땀을 뻘뻘 흘리며 사내에게 뭐라고 말했다. 그의 말을 듣고 있던 사내가 나윤섭 PD에게 성큼성큼 다가섰다. 그 피묻은 손하며, 엽총하며, 무엇보다도 방금 전에 보았던 재규어의 눈빛만큼 번들거리는 그 눈빛에 나윤섭 PD가 저도 모르게 뒷걸음쳤다.

"웬만하면 저 사람이 요구하는 대로 해주는 게 좋을 거예요. 사실 밀렵꾼이라는 사람들이 동물만 사냥하는 건 아니거든요."

리까르도 박의 말에 침을 꿀꺽 삼킨 스태프들이 저도 모르게 나윤섭 PD를 바라보는데, 사내의 시선을 피하고 있던 그가 잔뜩 기가 죽은 목소리로 말했다.

"뭐, 뭐해. 다들 저 사람이 원하는 대로 해줘."

그 말이 끝나기가 무섭게 카메라를 들고 있던 스태프들이 카메라에서 테이프를 꺼내어 사내에게 건네주었다. 사내는 볼 것도 없다는 태도로 테이프를 바닥에 던지곤 우악스럽게 짓밟았다.

그 모습을 멍하니 바라봐야 했던 스태프들이 망연해 있는데, 그 사이로 정승현이 슬쩍 물러나며 장택근의 곁에 섰다.

"형."

그 나지막한 소리에 장택근이 고개를 돌리니 정승현이 슬쩍 무언가를 건네어주었다. 손끝의 감촉에 화들짝 놀란 그가 저도 모르게 건네받은 물건을 호주머니에 욱여넣는데, 저쪽에서 테이프를 짓이기고 있던 사내가 정승현에게 손가락질을 했다.

"노 테이프! 노 테이프!"

정승현이 카메라의 테이프 투입구를 펼쳐 보이며 외치니 사내가 다가와 그의 손에 쥐어진 카메라와 그의 몸을 살펴보고는 뭐라 한마디 했다. 그러고는 정승현의 목에 걸려 있던 태양 문양이 인상적인 목걸이를 낚아채 가더니 원래의 자리로 돌아간다.

"너 인마."

"쉿!"

사내가 물러나는 것을 본 장택근이 진땀을 흘리며 말하는데 정승현이 한쪽 눈을 찡긋해 보이며 능청을 떨었다.

그들이 그렇게 사내의 횡포에 테이프를 빼앗기는 사이에 모아족의 안내인과 현지 안내인 사이의 공기는 점점 더 험악해지고 있었다. 어느새 재규어의 가죽을 완전히 해체한 사내가 슬쩍 다가가 모아족 안내인의 뒤통수를 개머리판으로 내려쳤다.

"꺄악!"

그 모습에 놀란 윤신애가 비명을 내지르는데, 현지 안내인들은 천연덕스럽게 새끼 재규어의 주둥이와 목에 밧줄을 감아 한쪽으로 물러섰다.

"이 사람들 이대로 돌아갈 모양인데요?"

리까르도 박이 얼떨떨한 음성으로 말하는데 현지 안내인이 뭐라 뭐라 소리쳤다.

"자신들이 완전히 사라질 때까지 움직이지 말랍니다."

"뭐? 그럼 촬영은 어떻게 하고?"

계속해서 이어지는 의외의 상황에 당황한 나윤섭 PD가 그렇게 묻자 리까르도 박이 땀을 삐질삐질 흘리며 대답했다.

"지금 촬영이 중요한 게 아니라, 이 사람들이 우릴 가만두는 것에 감사해야 할 판인데요?"

그의 음성이 생각 외로 겁에 질려 있어서 항의하려던 나윤섭 PD마저 입을 다물고 말았다. 그렇게 그들이 갑작스러운 상황에 대처할 생각도 못 하고 있는 사이에 안내인들이 사라졌다.

그들이 사라지고도 한참이나 굳어 있던 사람들이 뒤늦게 욕지거리를 내뱉었다.

"뭐 저런 강도 새끼들이 다 있어!"

"아! 니미, 엿 같은! 촬영분 어떻게 해!"

사람들이 난리법석을 떠는 사이에 장택근이 모아족의 안내인에게 달려가 상태를 살폈다. 개머리판에 제대로 찍혔는지 정수리에서부터 피가 낭자하게 흘러내리는 것이 제법 상처가 깊은 모양이었다.

"의료팀! 의료팀!"

그가 다급하게 의료팀을 찾자 촬영팀 사이에서 응급치료 전문가 진재영이 뛰어왔다. 혹시 모를 사태에 대비해 촬영팀을 따라온 그녀가 자신의 배낭에서 지혈제와 붕대를 꺼내 능숙하게 응급처치를 했다.

"가벼운 뇌진탕 증세가 있을 수는 있지만, 상처 자체는 그렇게 심하지 않아요. 그래도 날씨가 이래서 염증이라도 생기면 큰일이에요. 빨리 돌아가서 치료를 해야 해요."

그녀의 말에 장택근이 나윤섭 PD를 바라보니, 그가 욕지거리를 내뱉었다.

"저 새끼가 또 나를 시험에 빠지게 하네. 뭘 쳐다봐, 이 새끼야. 어차피 이 지경이 됐으니 베이스캠프로 돌아가."

무장한 안내인을 데리고 들어오면서도 불안한 아마존 방문이었다.

그런데 그런 무장 안내인도 사라지고 일행 중에 부상자까지 생겨 버렸다. 더 이상 촬영을 지속하기도 힘든 마당이라 나윤섭 PD는 욕을 해댔다.

그렇게 일행은 베이스캠프로 돌아갈 준비를 서둘렀다.

몇몇 스태프가 급조한 들것에 모아족의 안내인을 싣고는 베이스캠프를 향해 돌아섰다. 중간에 정승현이 숨긴 테이프의 존재를 알게 된 스태프들이 잠시 환호하는 해프닝이 있었으나, 베이스캠프로 돌아서는 그들의 분위기는 어둡기만 했다.

게다가 안내인조차 사라진 상태에서 돌아가자니 길을 찾는 것 또한 쉽지가 않았는데, 다행스럽게도 뒤늦게 정신을 차린 모아족 안내인 덕분에 길을 잡을 수 있었다.

"뭐가 이렇게 오래 걸려?"

힘겹게 걸음을 이어가던 스태프 중 한 명이 말했다. 안 그래도 왔던 길을 돌아가는 것치고는 지나치게 시간이 오래 걸리는 귀환 길이 이상했던 장택근이 곁에 있던 리까르도 박에게 물었다.

"저 사람 지금 다쳐서 제정신 아닌 거 아니에요? 올 때보다 배는 더 걸었는데 왜 아직도 베이스캠프가 안 보여요?"

그의 말에 리까르도 박이 다시 모아족의 안내인을 다그쳤는데, 모아족의 안내인이 소스라치게 몸을 떨며 뭐라 지껄였다.

"뭐래요?"

그 기세가 하도 심상치 않아 그가 다시 물으니 리까르도 박이 꺼림칙한 표정으로 대꾸했다.

"가는 길은 맞는데, 숲의 주인이 저주를 내려서 자신들이 돌아가는 길이 쉽지 않을 거래요."

*　　　*　　　*

가뜩이나 계속 이어진 사건에 위축되어 있던 스태프 중 하나가 그 말에 발끈해서 소리쳤다.

"뭔 재수 없는 소리야! 저 사람이 지금 길 안내 똑바로 하고 있는 거 맞아? 아무리 봐도 길 잃은 거 같잖아!"

모두 애써 억누르고 있던 두려움이 그 말 한마디에 표면으로 떠올랐다. 간신히 불안함을 참고 걸음을 옮기고 있던 스태프들이 뒤늦게 소란을 떠는데, 모두의 얼굴에 하나같이 두려움이 가득했다.

모아족 안내인이 그런 그들을 보며 뭐라 하는데 리까르도 박이 입을 열려다가 이내 닫았다.

"왜? 또 뭐라는데?"

이제는 히스테릭하기까지 한 음성으로 스태프 중 하나가 그를 다그쳤지만 리까르도 박의 입은 열리지 않았다.

"자, 자. 다들 마음은 이해하는데 이대로 있다가는 밀림 속에서 밤을 보내야 할 판이니까 다들 진정하고 걷자고요. 지금 우리가 믿을 건 저 모아족 안내인밖에 없어요."

패닉 상태에 빠지려던 사람들이 장택근의 말에 일제히 입을 다물었다. 혹시나 밀림 속에서 밤을 보내야 할지도 모른다는 두려움이 당장의 불안감을 억누른 탓이다.

"제길."

곁에서 나지막하게 욕지거리를 내뱉는 리까르도 박의 행동에 장택근이 은근슬쩍 다가가 그에게 물었다.

"뭐라는데요."

나지막한 음성에 주변을 둘러본 리까르도 박이 마찬가지로 낮은 목소리로 대꾸했다.

"모아족에서 전해져 오기를, 숲의 주인에게 미움을 산 사람은 숲에게 잡아먹힌대요. 아까 그 사람들이 숲의 주인을 해하는 바람에 더 큰 숲의 주인이 우리에게 저주를 내린 거라고요."

다른 때 들었다면 코웃음 치고 말았을 그 말이 지금은 왜 그렇게도 가슴을 짓누르는지… 장택근은 그 미신과도 같은 말에 온몸의 털이 곤두섰다.

뭐라 대답조차 못하고 걸음만 서두르는데 시간이 아무리 흘러도 베이스캠프가 보이지 않았다.

"어? 나 이 나무 알아요!"

한참을 그렇게 걸음을 옮기던 와중에 스태프 중 한 명이 혼자만 꽤나 기묘하게 엉킨 두 구루의 나무를 보며 외쳤다. 말 없이 걸음만 옮기던 스태프들이 그 말에 화색을 띠었다.

"베이스캠프 바로 옆의 나무였어요. 제가 하도 특이해서 나오면서 눈에 담아뒀다고요. 게다가 여기 이 누가 긁어놓은 것처럼 간 흠! 제가 본 나무가 확실해요!"

그의 외침에 사람들이 환호를 했다.

"여기서 1분만 더 가면 베이스캠프예요."

사람들이 저마다 살았다고 환호를 하며 걸음을 서둘렀다. 잔뜩 무거워졌던 발걸음이 가벼워지며 모두가 밝은 표정을 지었다.

하지만 그런 표정은 오래가지 않았다. 호언장담했던 스태프의 말과는 다르게 아무리 걸어도 베이스캠프가 보이지 않았던 탓이다.

사람들의 원성 속에서 그렇게 외쳤던 스태프가 난감한 얼굴을 하는데, 또 다른 스태프가 주변의 지형지물을 가리키며 베이스캠프의 근처에서 보았노라고 외쳤다. 그뿐이 아니었다. 저마다 무언가를 가리키며 자신이 보았던 무언가라고 하는데, 다들 하나같이 베이스캠프 인근에서 보았던 것들이라 한다.

사람들이 단체로 착각을 한 것일까. 그도 아니면 베이스캠프가 통째로 사라지기라도 한 것일까.

촬영팀의 희망과는 다르게 그날 밀림 속에 어둠이 다 깔리도록 그들은 베이스캠프를 찾지 못했다.

*   *   *

해가 지도록 목적지에 도착하지 못한 그들은 결국 적당한 곳에서 야영하기로 결정했는데, 정글 속에서의 야숙이 쉬울 리가 없었다.

축축한 바닥에서는 조금만 흙을 흐트러뜨려도 벌레가 기어 나왔고, 나무 틈과 위로는 알 수 없는 생명체들이 분주하게 오갔다.

그나마 모아족의 안내인의 도움을 받아 사방에 불을 피우고, 혹시 몰라 준비해 왔던 텐트를 몇 개인가 칠 수 있었지만,

스무 명이나 되는 인원이 들어가기엔 텐트는 너무 비좁았다.

결국 불침번을 설 인원이 번갈아가며 텐트 밖을 지키기로 했는데, 사람들의 얼굴에는 불안과 두려움이 가득했다.

왜 아니겠는가. 당장 오늘만 해도 검은 재규어와 맞닥뜨려 하마터면 큰일이 날 뻔했는데. 텐트로 들어가는 인원들은 물론 불침번을 서기로 한 인원들조차 잔뜩 겁에 질려 있었다.

결국 텐트에 들어가서도 조그만 소리에도 깜짝깜짝 놀라는 사람이 대반이었는데, 장택근도 그중 하나였다. 결국 사방의 시야가 막힌 텐트에 있는 것보다는 밖에 있는 것이 낫겠다 싶었던 그는 텐트를 나섰다.

텐트를 나서니 자신과 비슷한 생각을 했는지 불침번이 아님에도 불가에 둘러앉은 사람이 꽤 있었다.

출연진 중에는 유일하게 윤신애가 불가에 앉아 있었는데 그를 보고 반색을 했다. 불안해서 나오긴 했지만 아무래도 사람이 많은 편이 덜 무서운 기색이었다.

윤신애의 인사에 건성으로 인사를 한 그가 곁에 쭉 둘러앉은 면면을 살펴보았다.

촬영팀의 막내 정승현과 응급치료 전문가 진재영, 그리고 의외로 리까르도 박과 모아족 사내도 자리에 있었다. 모아족 사내는 이제는 제법 상태가 괜찮아진 모양이었는데 끊임없이 리까르도 박에게 무언가를 말하고 있었다.

"무슨 이야기들을 하고 있었어요?"

장택근이 그들 곁에 자리를 잡자 윤신애가 붙임성 좋게 그에게 커피가 든 잔을 건네주었다.

"고마워요."

생각지도 못한 호의에 얼떨떨해하는데 그녀가 배시시 웃어 보이며 말했다.

"따뚜가, 아! 따뚜는 여기 이분의 이름이에요."

모아족 사내, 따뚜를 가리키며 그녀가 말하는데 리까르도 박이 불쑥 끼어들었다.

"분명 이동한 시간을 따져 보면 우리는 모아족의 영역에 있는 건데, 따뚜가 말하기를 자기는 이런 곳을 단 한 번도 본 적이 없답니다."

"저 사람은 아까부터 이상한 소리를 했잖아요. 숲의 주인이 내린 저주니 뭐니. 지금 시대가 어느 땐데, 그런 말도 안 되는 소리를."

리까르도 박의 말에 정승현이 퉁명스럽게 대꾸했다. 말은 통하지 않아도 대충 그들의 대화를 파악했는지 따뚜가 다시 말을 이어가는데 그 어조가 심상치 않았다. 말이 끝나기가 무섭게 리까르도 박이 통역을 해준다.

"아까 간 사내들이 부디 숲의 작은 주인, 재규어 새끼를 말하는 거 같네요. 그 재규어 새끼를 죽이지 않기를 바란대요.

그것만이 우리들이 숲의 저주에서 풀려날 수 있는 길이라고."

그 말에 윤신애가 소름이 끼친다는 표정을 지으며 양어깨를 감싸 안았는데, 장택근 역시 모골이 송연해졌다. 왜인지는 모르겠지만 자꾸만 따뚜라는 청년의 말이 가슴에 박혀들었다.

하지만 그들을 제외하고 다른 사람들은 따뚜의 말에 재수 없다는 표정을 짓는 것이 전혀 꺼림칙해하는 기색이 없었다. 아무래도 미개한 원주민의 헛소리 정도로 치부하는 모양이다.

그들의 표정을 보며 장택근은 스스로가 과민함을 느꼈지만, 왠지 모르게 자꾸만 따뚜의 말이 귓가에 맴돌았다.

결국 심란해진 그는 사람들을 뒤로하고 잠시 몸을 일으키고는 야영지 주변을 살폈다. 그래 봐야 불빛이 닿는 곳에서 어슬렁거리는 정도였는데 그마저도 내키지 않는지 걸음이 조심스러웠다.

그렇게 야영지 주변을 살피는데 모닥불에 익숙해진 눈 탓에 불빛을 조금이라도 벗어난 곳은 제대로 보이질 않았다. 그 사실을 깨닫자 환하게 밝혀진 야영지가 오히려 불안하게 느껴진 그가 의식적으로 시선을 멀리 두고 밀림의 어둠 속을 노려보았다.

한참을 그리 어둠을 노려보자니 진녹색의 옷 대신 새까만 옷을 입은 밀림의 윤곽이 희미하게나마 보였다.

지독하게도 울창하다. 또 어둡고.

천연의 자연이 살아 있는 아마존인데도 불구하고 별빛 하나 제대로 보이지 않는 하늘 탓인지, 제대로 보이는 것이라고는 희미한 수풀의 윤곽뿐이었다.

그나마도 어둠 속에서 빛나는 두 개의 원이 아니었으면 보이지 않았을 것이다. 그렇게 생각한 장택근은 순간 소스라쳤다.

두 개의 새파란 원?

이 어두운 밀림 속에서 그렇게 빛날 것이 뭐가 있겠는가. 수만 가지 생각이 그의 머릿속을 스쳐 갔다. 그리고 가장 마지막에 떠오른 것은 낮에 보았던 재규어의 샛노란 눈동자. 딱 그 정도 되어 보이는 빛에 그는 마른침을 삼켰다.

밀림의 어둠이 천천히 움직였다. 아주 천천히. 그 움직임이 어찌나 느리던지 겁에 질린 장택근은 더욱 큰 공포에 심장이 멈춰 버릴 것만 같았다.

천천히 어둠 속에서 기어 나온 재규어, 낮에 보았던 재규어와 같은 검은빛을 한 거대한 놈이었다.

비명조차 지를 수 없었다. 당장에라도 몸을 돌려 도망치고 싶었지만, 온몸이 굳어버린 것처럼 움직이지 않았다. 그저 숨만 몰아쉬며 재규어에게 시선도 떼지 못하고 있던 장택근은 이제는 지척까지 다가온 재규어의 모습에 기절하고 싶을 지경이 되었다.

마치 밤하늘을 발라놓은 것처럼 윤기 나는 검은 털에 가려진 역동적인 근육이 꿈틀거린다. 떨쳐 내는 순간 연약한 사람 따위는 단번에 찢어발길 것 같은 억센 앞발이 그의 바로 앞까지 다가왔다.

그 압도적인 위용에 완전히 넋이 나간 그는 그 와중에도 그 흉포하다기보다는 우아한 검은 재규어의 얼굴 아래서 반짝이는 무언가를 발견했다. 빛조차 들지 않는 어둠 속에서도 은빛 광채를 내는 무언가가 재규어의 입에 물려 반짝이고 있었다.

장택근은 무언가에 홀린 것처럼 손을 내밀었다. 스스로가 무슨 짓을 하는지도 모르고 불쑥 내밀어진 손에 재규어가 머리를 들이밀었다.

뒤늦게 자신이 무슨 짓을 했는지 깨닫고 소스라친 그가 정신을 차렸을 때는 이미 검은 재규어가 눈앞에서 사라진 이후였다.

마치 꿈이라도 꾼 것 같은 기분이었지만, 아직까지도 공포로 굳어져 움직이지 않는 온몸의 떨림이 방금 전의 일이 현실이라 말했다.

게다가 손바닥 위에 놓여진 은빛 광채를 내는 무언가, 그

차가운 감촉이 그를 일깨웠다.

은빛 광채를 신비롭게 흘리는 그것은 태양을 형상으로 한 펜던트와도 같았는데, 그 모습이 제법 눈에 익었다. 곰곰이 생각해 보니 정승현이 현지 안내인에게 빼앗겼던 목걸이와 같은 모양이라는 것을 깨달을 수 있었다.

"승현아!"

펜던트를 인식하는 순간 방금 전 어둠 속에서 나타난 재규어에게 느꼈던 공포가 씻은 듯이 사라졌다. 장택근은 손바닥 위에 놓인 펜던트를 쳐다보며 정승현을 불렀는데, 저 멀리서 대답하는 소리가 들려왔다.

"여기 네 목걸이 있… 어라?"

그가 말하는 사이에 손바닥에 녹아들 듯 사라진 펜던트는 흔적조차 찾을 수 없었다. 그 현실감 없는 모습에 그가 얼빠진 소리만 내고 있는데 등 뒤에서 누군가가 그를 잡아끌었다.

"으… 으헉!"

소스라치게 놀라 뒤를 돌아보니 정승현이 시큰둥한 얼굴로 그를 잡아끌었다.

"따뚜가 불빛에서 나가지 말래요. 아마존에 사는 것 중에 형 하나는 소리도 없이 집어삼킬 놈이 쌔고 쌨다는데요."

그렇게 말하며 그를 다시 모닥불이 있는 곳으로 이끌고 간다. 장택근은 놀란 가슴을 부여잡고 잠시 검은 재규어가 있었던 곳과 자신의 손바닥을 번갈아 보다 눈을 비볐다.

방금 자신에게 일어난 일이 현실인지 아니면 꿈인지 도무지 알 수가 없었다.

어둠 속에서 나타났던 검은 재규어, 지금 와서 생각해 보니 현지 안내인들에게 끌려갔던 새끼 재규어와 왠지 닮은 것 같았다. 자신의 손에 쥐어졌던 펜던트를 떠올리니 현지 안내인들의 끔찍한 최후가 상상이 됐지만, 이제 와서는 자신이 꿈을 꾼 것인지 아닌지조차 구분이 가지 않았다.

하긴, 재규어를 봤다면 내가 이렇게 살아 있진 않겠지.

어둠 속에서도 선연히 드러나던 그 압도적인 위용을 떠올리며 그가 몸을 떨었다. 아무래도 피곤한 나머지 헛것이라도 본 것이라고 생각한 그는 괜스레 멋쩍어졌다.

그렇게 불가에 앉는 그를 바라보는 따뚜의 눈동자가 기이하게 일렁였다.

*   *   *

어슴푸레한 새벽이 아마존의 밀림에 찾아왔다. 걱정했던 것과는 달리 밀림에서의 야숙은 별일이 없었다. 야영지 주변에 몇 개나 피워두었던 모닥불 덕인지, 단순히 운이 좋은 것인지는 알 수 없었지만 야생동물이 습격한다든지 하는 우려

했던 상황은 벌어지지 않았다.

사람들이 저마다 퀭한 눈을 한 채로 텐트에서 나와 졸린 눈을 비비며 서로의 안부를 확인했다. 그사이 나누는 대화는 온통 밤새도록 야영지 주변을 맴돌던 알 수 없는 짐승들의 소리에 대한 것이었는데 그 소리가 신경 쓰여 제대로 잠을 잔 사람이 없는 것 같았다.

"다들 나와봐요. 인원 체크 좀 해 봅시다!"

아침이 오도록 한숨도 자지 않고 불침번들의 곁을 지켰던 장택근이 부산을 떨며 사람들을 모았다. 전날 있었던 강행군과 철야에 지쳤을 만도 하건만 그는 기이할 정도로 힘이 넘쳤다. 스스로도 자신의 체력이 밀림 속에서의 강행군과 밤샘을 버틸 정도로 강하지 않다는 사실을 잘 알고 있었던 탓에 무언가 석연치 않았으나, 아무래도 긴장이 풀리지 않아 피로를 느끼지 못한 모양이라고 생각했다.

"아이, 조금 더 쉬게 내버려 두지 새벽부터 뭐 하는 짓이야."

나윤섭 PD가 시끄럽게 사람들을 불러대는 장택근이 못마땅한지 연신 볼멘소리를 냈다.

"어디 보자. 연출팀은 나 감독님이 마지막으로 나왔으니 7명 전부 있고. 대충 잠 깬 사람들은 출연자들하고… 촬영팀 좀 결원 있나 확인해 봐요!"

나윤섭 PD 주변에 옹기종기 모여 하품을 해대는 연출팀의 스태프들을 일으키며 장택근이 부산을 떨었다.

"촬영팀. 나까지 8명. 뭐 다 있겠지. 아침부터 부산을 떨어."

다른 이들과는 다르게 숙면을 취했는지 기력이 충만한 얼굴을 한 오지형 카메라 감독이 심드렁하게 말했다.

장택근은 그런 오지형의 투정을 못 들은 척하며 사람들을 체크했는데, 촬영팀의 막내 정승현이 자신이 나온 텐트를 들춰 보더니 말했다.

"어? 용민이 형이 안 보이는데요? 어제 분명히 나랑 같이 잤는데……."

"윤신애 씨도 안 보여. 어디 갔는지 본 사람?"

그 말에 사람들이 대수롭지 않다는 투로 볼일이라도 보러 간 것이 아니냐고 말했는데, 장택근은 그 순간 기묘한 기분에 휩싸였다.

마치 얼음물을 뒤집어쓰기라도 한 것처럼 온몸이 차가워지며 소름이 돋았다. 그리고 동시에 머릿속을 스쳐 가는 생생한 영상, 마치 영사기의 필름을 돌리듯 선명하기만 영상에 그는 소스라쳤다.

김용민이 텐트를 비집고 나온다.

불침번을 서는 인원들을 흘낏 바라본 그가 잠시 모닥불을 바라보다 담배를 꺼내 문다. 그러고는 모닥불의 불빛과 밀림의 어둠이 교묘하게 대치하는 경계에서 바지춤을 부여잡는다.

새카만 어둠이 깔린 밀림의 모습에 겁을 집어먹었는지 어깨를 한껏 움츠린 그가 불안한 눈으로 주변을 바라본다. 불안한 마음에 볼일을 제대로 볼 수가 없는지 그가 바지춤을 잡고 잠시 멈춰 있는데, 그 순간 어둠 속에서 새까만 그림자가 튀어나왔다.

정체를 채 알아보기도 전에 어둠 속으로 사라진 그림자, 그리고 그림자가 사라진 자리 그 어디에도 김용민의 모습이 보이지 않는다.

영상이 끝이 났다.

장택근은 너무도 순식간에 지나간 영상에 머리를 한 대 맞기라도 한 것처럼 충격에 휩싸였다. 애써 정신을 차리고 머리를 세차게 흔들어보았지만 떨떠름한 기분이 사라지지를 않았다.

"어제 용민이 형 본 사람? 불침번 선 분 중에 용민이 형 보신 분 없어요?"

얼핏 스쳐 가는 영상 속에서 김용민이 볼일을 보러 갈 시간에 불침번을 서고 있었던 촬영팀의 스태프 하나가 그의 눈에 들어왔다.

"어제 용민이 형 볼일 보러 나온 거 봤죠?"

그의 다급한 어조에 괜스레 위축된 스태프가 고개를 끄덕이며 대꾸했다.

"봤지. 어제 담배 물고 텐트 뒤로 가서 볼일 보던데? 그리고 어? 그리고 들어가는 걸 내가 봤나? 야! 용민이 어제 소변 보고 들어가는 거 봤냐?"

2인 1조였던 불침번이다.

스태프가 전날 같은 시간대에 불침번을 섰던 다른 스태프에게 물으니 그가 고개를 저었다.

장택근의 얼굴이 와락 일그러졌다.

그 심상치 않은 표정에 사람들이 동요하기 시작하는데 나윤섭 PD가 그에게 다가와 이죽거렸다.

"이 새끼가 아침부터 뭘 잘못 드셨나. 야, 이 새끼야. 잠깐 아침에 볼일 보러 갔을 수도 있지. 어떤 미친놈이 밤에 밀림 속으로 들어갔겠어!"

전날 현지 안내인들에게 당했던 굴욕과 울분이 고스란히 장택근에게 쏟아질 기미가 보였다. 평소라면 이쯤에서 눈치 좋게 빠졌을 그가 이번만큼은 물러서지 않았다.

"그럼 윤신애 씨 본 사람 있어요?"

나윤섭 PD의 말을 단번에 잘라내며 사람들에게 외치는 그의 표정이 절박했다. 그 표정에 슬슬 사람들이 겁을 집어먹기 시작하자 오지형이 앞으로 나서며 그를 타일렀다.

"인마, 조금 기다리면 돌아오겠지. 사람들 불안하게 뭐 하는 거야."

오지형의 말에 사람들이 고개를 끄덕이며 동조했지만 그는 아랑곳하지 않고 생각에 잠겼다.

방금 전 머릿속을 스쳐 갔던 영상은 마치 그의 눈으로 본 것처럼 생생했다. 다소 뜬금없기까지 한 광경은 절대 망상이라고 할 수 없는 현장감이 있었다.

윤신애의 모습은 떠오르지 않았으나, 김용민이 마지막에 밀림 속으로 끌려들어 가던 모습만큼은 지금도 생생하게 눈앞에 아른거렸다.

"윤신애 씨!"

그가 한창 생각에 잠겨 있는데 스태프 중 하나가 밀림의 수풀을 헤치고 나타난 윤신애를 보며 소리쳤다.

그녀는 갑작스레 사람들이 자신을 주목하자 영문을 모르고 얼굴만 붉혔다.

"어디 다녀왔어요! 걱정했잖아요!"

누군가가 그렇게 말하니 얼굴만 더 붉히는 것이 아무래도 남모르는 볼일이라도 보고 온 모양이었다. 그녀가 얼굴을 붉히자 오지형이 헛기침을 하는데 뒤늦게 상황을 파악한 스태프들이 더는 입을 다물고 그녀에게서 시선을 뗐다.

자연스럽게 그들의 시선이 한참 생각에 빠져 있는 장택근에게 향했다.

장택근은 그런 사실도 모르고 혼자 표정을 계속 바꾸다가는 갑자기 몸을 돌려 텐트 뒤로 달려갔다.

그가 보았던 영상 속에서 김용민이 사라진 장소였다.

"너 뭐 하는 거야! 사람들이 불안해하잖아!"

홀린 것처럼 그를 따라 텐트 뒤로 달려온 사람 중에서 나윤섭 PD가 한걸음 나서며 고함쳤다.

그래도 장택근이 대답을 하지 않자 나윤섭은 씩씩거리며 장택근에게 다가갔다. 마침 무언가를 찾기라도 하듯 몸을 숙이고 수풀을 더듬고 있던 그가 몸을 일으켰다.

"너 이 새끼! 사람 말이 말 같지 않⋯⋯."

"이거 용민이 형 시계예요."

몸을 일으킨 그가 한 손에 TIME—X 브랜드의 시계를 쥐고 있었다. 희대의 테러리스트 단체의 수장으로 알려졌던 사내의 시계와 똑같은 모델이라며 몇 번이나 사람들에게 너스레를 떨던 김용민의 모습을 기억하는 사람들의 표정이 아연해졌다.

"뭐? 그게 용민이 거라고?"

사태 파악이 제대로 되지 않았는지 여전히 화가 난 얼굴을 한 나윤섭이 묻자 장택근이 고개를 끄덕였다.

"그리고 여기… 이 자리 좀 보세요."

장택근은 사람들에게 들리지 않도록 근처의 오지형과 나윤섭에게만 속삭였다.

오지형과 나윤섭이 그의 손짓에 방금 전까지 그가 살펴보고 있던 곳을 보고는 그대로 굳어버렸다.

*　　　*　　　*

"제길, 어쩌다가……."

가장 선두에 서서 울창한 밀림을 헤쳐 나가던 장택근이 욕지거리를 내뱉었다. 살벌한 정글도로 아무리 쳐내도 밀림은 마치 그들의 발목을 잡듯이 계속해서 가지를 뻗어왔다.

덕분에 이른 아침에 떠난 길이 점심이 지나도록 그다지 먼 거리를 이동하지 못했다. 그의 뒤를 따르는 스태프들이 지친 얼굴로 걸음을 옮기는데 누구 하나 먼저 입을 여는 이가 없었다.

"나보고 어쩌라고."

정글도를 쥔 손에 힘을 주며 그가 다시 한 번 작게 중얼거렸다. 지금 그의 뒤를 따르는 사람의 수는 채 10명이 되지 않았다.

아침의 일이 있었던 후 일행은 두 편으로 갈라져 첨예하게 대립하는 상황에 처했다. 하루라도 빨리 베이스캠프를 찾아 돌아가자는 쪽과 사라진 김용민이 돌아올 수도 있으니 그 자리에서 구조를 기다린다는 쪽.

어느 쪽도 한 치의 양보도 없이 자신들의 목소리를 높였다.

그중 그 자리에서 기다리자는 쪽은 오지형을 중심으로 구대만과 촬영팀의 대부분이었는데, 아무래도 같은 촬영팀 식구다 보니 결정이 그렇게 난 모양이었다.

베이스캠프를 찾아 떠나자는 쪽은 장택근을 중심으로 연출팀의 스태프들과 구대만의 제외한 출연진 전부였다.

결국 양쪽은 의견을 좁히지 못했고 그 결과가 바로 지금의 상황이었다.

현재 위치를 고수하며 구조를 기다리겠다는 쪽을 두고, 장택근을 비롯한 이들이 베이스캠프를 찾아 길을 나선 것이었다.

이 험난한 아마존의 밀림 속에서 일행을 나눈다는 것이 얼마나 위험천만한 일인지를 알고 있는 장택근이었지만 다른 방법이 없었다.

그가 수풀 속에서 발견한 것은 김용민의 시계뿐만이 아니었다. 징글징글한 진녹색의 수풀 한편에 흥건하게 고여 있던 검붉은 액체, 보는 순간 온몸의 털이란 털은 곤두섰다. 당장에라도 비명을 지르고 싶은 마음을 억누르고 그는 오지형과 나윤섭에게만 그 현장을 보여주었다.

순간적으로 사람들이 패닉에 빠져 통제를 잃을 경우 더욱 위험한 상황이 올 거라 예상한 탓이다.

정체불명의 무언가에게 끌려간 김용민과 그 자리에 홍건한 선혈, 바보라도 이쯤 되면 그 장소가 위험함을 알 수 있을 것이다.

장택근은 그런 위험이 도사리고 있는 곳에 한시라도 남아 있기 싫었다.

어쩌면 사실을 말하고 사람들을 다독이는 것이 나을 수도 있었겠지만 그는 차마 그러지 못했다. 그 순간에도 그를 바라보며 불안한 눈동자를 데굴데굴 굴리는 스태프들을 보며 순간적으로 머릿속에 기이한 광경이 스쳐 갔었다.

김용민의 모습을 보았던 것처럼 선명하지는 않았으나, 김용민의 피를 본 사람들이 패닉에 빠져 난장판이 되는 영상이 떠올랐다. 극도의 스트레스로 인한 망상일 수도 있었지만 상황을 설명하라며 무언으로 그를 압박하는 사람들을 보며, 그는 그 영상이 왜인지 꼭 현실처럼 느껴졌다.

결국 두 편으로 갈라져 대립을 하던 일행이 완전히 쪼개져 버렸다. 의외인 건 김용민을 끌고 간 무언가가 주변에 있음을 알면서도 그 자리에 남겠다고 한 오지형의 결정이었는데, 그는 장택근을 불러 조용하게 이야기했다.

"어차피 지금 상황에서 모든 정황을 사람들에게 말할 수는 없어. 그랬다가는 가뜩이나 겁에 질린 사람들이 완전히 통제를 벗어난단 말이지. 봐봐, 저 눈빛들을. 빌미만 생기면 단체로 공황이라도 일으킬 법한 눈빛들이야."

그 역시도 아무렇지도 않게 넘어간 밀림 속에서의 야숙이 사람들에게 극심한 스트레스를 주고 있었음을 깨닫고 있었다. 그런 상황 속에서 사람들이 집단으로 히스테리를 일으킬 것을 걱정하는 것은 당연했다.

그런 상황에서 모두를 이끌고 구조를 요청하는 것은 무리이니, 사람들을 반으로 나눈 것이다. 어떻게 보면 악수일지도 모를 계획이었지만 당시의 그들은 절실했다.

결국 혈혼을 본 뒤로 평정을 찾지 못하는 나윤섭 PD를 대신해 평소에도 일행의 스케줄을 짜왔던 장택근이 사람들을 이끌고 구조를 요청하러 길을 떠나게 됐다.

그리고 지금 그는 당시의 결정을 돌이켜 후회하며 지긋지긋한 밀림의 수풀을 헤치며 나아가고 있었다.

그렇게 얼마나 고된 걸음을 옮기고 있었을까.

쉴 새 없이 달려드는 날벌레들과 싸우며 밀림 속에서의 강행군에 시달리고 있던 일행이 당장에라도 쓰러질 것만 같은 얼굴을 했다.

일행 중 그나마 멀쩡한 기색을 한 것은 장택근과 따뚜 단 두 사람뿐이었다. 사람들을 둘러본 따뚜가 장택근의 곁으로 자리를 옮겼다.

그러고는 더듬더듬 서툴기만 한 영어로 입을 열었다.

5장

선택

"당신, 숲, 선택했다."

더듬거리며 내뱉은 영어를 해석하니 대충 저런 뜻이었다.

가뜩이나 신경이 곤두서 있던 와중에 따뚜가 던진 뜬금없는 말에 그는 와락 인상을 썼다.

입만 열면 숲의 저주니 뭐니. 재수 없는 소리만 하던 이 모아족의 사내가 그는 왜인지 꺼림칙했다. 다른 이들은 미개한 원주민의 헛소리 정도로 듣는 기색이었는데, 자신만큼은 그 소리가 가슴에 와 닿았기 때문이다.

스스로가 한심하기도 하고 이 모든 일이 따뚜라는 사내 탓에 일어난 것만 같아 장택근은 심사가 복잡해졌다.

그런 속도 모르고 따뚜는 시커먼 피부 탓에 더욱 눈에 뜨이는 하얀 이를 드러내며 환하게 웃었다. 머리에 감은 붕대에는 아직도 붉은 피딱지가 엉켜 있는데 뭐가 그리 좋은지 그 미소에 한 점의 그늘도 없다.

"뭐라는 거니, 대체."

아무리 고까워도 웃는 얼굴에 침 뱉기는 뭐했던 장택근이 한숨을 내쉬며 중얼거렸다.

따뚜는 그런 그의 말을 알아듣기라도 한 것처럼 다시 입을 열었다.

역시나 더듬거리는 말투로 단어를 나열할 뿐인 엉망진창의 영어였다. 본인 또한 영어를 잘하는 것이 아니었던지라 장택근은 그의 말을 도통 알아들을 수가 없었다.

촬영팀과 함께 야영지에 남은 리까르도 박의 부재가 아쉬웠다.

장택근이 고개를 절레절레 젓고는 다시 밀림의 수풀을 헤치는 데 집중했다. 어떻게 돼먹은 곳인지 아무리 정글도를 거칠게 휘둘러도 금세 덮쳐 오는 가지며 넝쿨에 이미 그의 옷은 넝마가 되어 있었다.

그가 언제 이런 일을 겪어보았겠는가. 이상할 정도로 지치지 않는 몸과는 별개로 그의 정신은 지금 한계까지 내몰려 있었다.

신경질적으로 눈앞에 있는 나뭇가지를 베어내던 그는 따뚜에게 물었다.

"이쪽으로 가는 거 맞아?"

몸짓 발짓까지 섞인 장택근의 질문에 따뚜가 예의 그 이를 드러내는 웃음을 지으며 고개를 끄덕였다.

"정말 제대로 안내를 하고 있기는 한 건지……."

고개를 절레절레 흔들며 다시 앞장서는데, 누군가가 그의 어깨를 잡았다. 장택근이 고개를 돌리니 초췌하긴 하지만 눈빛만큼은 여전히 강렬한 차동수가 자리를 바꾸자 말했다.

그러고 보니 야영지를 떠난 이후 누가 시키지도 않았는데 줄곧 선두에서 밀림과 씨름을 했던 게 떠오른 장택근은 사양치 않고 대열의 중간쯤으로 물러섰다.

당장 뒤로 물러나니 숨통이 트이는 것 같은 기분이 들었다. 무덥고 끈적끈적한 공기야 어쩔 수 없다지만, 당장 눈앞에서 진녹색의 넝쿨이 그를 덮치지 않는 것만 해도 그에게는 큰 위안이 되었다.

정글도를 몇 시간이나 휘두른 탓에 욱신거리는 손목을 주무르며 차동수를 따라가는데, 누군가가 불쑥 그에게 물통을 내밀었다.

"어? 고마워요."

시선은 여전히 앞을 향한 채 손만 내밀어 물통을 건네준 이지원이 아무 일 없었다는 듯 다시 원래의 자리로 돌아갔다. 잔뜩 지친 표정을 한 그녀에게 고맙다고 인사했지만, 그녀가 대꾸도 없이 그저 걸음을 옮기는 데 집중하는 것이 보였다.

약간 무안해진 그에게 윤신애가 접근했다.

"장택근 감독님이라고 부르면 되나요?"

그녀가 다가서는 걸 진작부터 알고 있었던 그가 기겁을 했다. 입봉도 하지 못한 일개 조연출에게 감독이라니, 그녀의 무지가 너무도 당황스러운 장택근이었다.

저도 모르는 사이에 저 뒤에서 일행을 따라오던 나윤섭 PD의 눈치를 보는데, 다행스럽게도 나윤섭은 그들의 대화를 듣고 있지 않았다.

"그냥 이름 부르세요, 이름. 방송국에서는 아무한테나 감독님이라고 부르면 혼납니다."

안 그래도 주변에 있던 인물들이 힘든 상황 속에서도 입가를 실룩이는 것이 보였던 터라 장택근이 서둘러 그녀의 돌발 발언을 막아버렸다.

"그럼 택근이 오빠라고 부르면 될까요?"

여전히 당돌하기만 한 그녀의 질문에 결국 곁에 있던 김우영이 참견을 했다.

"너는 여자애가 아무한테나 그렇게 오빠 소리를 쉽게 하니?"

뭔가 마음에 들지 않는다는 표정으로 끼어든 그를 바라보던 윤신애가 고개를 갸웃거렸다.

"우영이 오빠야말로, 선배라고 부르지 말고 오빠라고 부르라면서요."

그 천진난만한 태도에 사람들이 실소를 내뱉는데, 김우영이 민망한지 변명을 해댔다.

"나야 뭐, 앞으로 물심양면 후배를 이끌어줄 경륜 있는 선배로서 조금 더 친밀해지자는 의미로 호칭을 정리한 거지. 너 그렇게 아무한테나 오빠라고 부르면 소문 안 좋아진다."

말이야 생각해 준답시고 지껄여 대지만, 애초에 포인트를 잘못 잡은 그의 변명이다.

아무리 지금은 조연출을 맡아 이리 치이고 저리 치이는 장택근이지만 엄연히 방송국의 공채 재원이었다. 당장 입봉하기에는 경력이나 연륜이 부족하다고 해도 작품을 맡는 순간 감독이라 불리며 정식 PD가 될 인물이다.

그런 그를 사석도 아닌 곳에서 오빠라고 부르는 것은 경우에 맞지 않았다. 그런데 김우영은 그런 부분은 전혀 신경도 쓰지 않고, 윤신애가 취하는 친근한 태도만을 문제 삼고 있었다.

"연륜 좋아하시네. 저기 저 사람이 아무냐? 너 그렇게 생각 없이 지껄이고 다니다가 언제 한 번 제대로 망신당한다."

결국 참다못한 이지원이 끼어들어 김우영에게 면박을 주었다.

"그리고 너도 행동 똑바로 해. AD가 네 교회 오빠냐? 오빠라고 부르게. 앞으로는 조연출 보는 사람들 만나면 조감독님이라고 불러."

김우영이 와락 인상을 쓰며 입을 다물자 이지원이 화살을 돌려 윤신애에게 훈계했다.

"아, 죄송해요. 선배님. 제가 잘 몰라서."

이지원의 말을 듣는 순간 똥 씹은 표정을 지은 김우영과 다르게 윤신애는 꽤나 붙임성 있는 태도로 말을 받았다.

"다들 조용히 해. 소풍 온 줄 알아?"

그때 뒤에 처져서 일행을 따라오고 있던 나윤섭이 신경질적으로 외쳤다. 전날부터 기분이 내내 저기압이었던 그의 히스테리에 사람들이 일제히 입을 다물었다.

"아, 지원 씨는 말고."

막상 성질대로 한마디 했지만 이지원의 눈치를 보지 않을 수 없던 그가 이내 꼬리를 말자 윤신애가 키득거리며 웃는데, 그 모습이 꼭 아이처럼 해맑았다.

마침 물통의 물을 마시고 난 뒤로 조금은 기운을 차린 장택근이 그녀를 보고는 미소를 지었다.

"입 닫아. 벌레 들어가."

이지원이 빈정거리는데, 아닌 게 아니라 장택근이 잠시 입을 연 사이에 날벌레가 몇 마린가 입속으로 달려들었다. 볼썽사납게 침을 뱉으며 벌레를 쫓아내는 그에게 윤신애가 다시 다가왔다.

"장택근 조감독님."

입가를 거칠게 닦으며 고개를 돌리니, 이번에는 제대로 호칭을 한 윤신애가 그에게 바짝 붙어 섰다.

"근데 지금 저희 어디로 가는 거예요?"

그녀의 질문에 사람들이 일순간 걸음을 멈췄다.

안 그래도 가도 가도 끝이 나지 않는 밀림에 질려 버린 사람들이었던지라 장택근이 할 대답에 온 신경을 모았다.

어쩌다가 이렇게 되어버린 것인지.

일개 조연출에 불과한 자신이 어쩌다 보니 나윤섭 PD가 포함된 일행을 이끄는 리더가 되었다.

아무래도 오늘 아침부터 보였던 그의 행동, 인원을 체크하고 실종된 김용민의 존재를 알아차리는 등의 모습을 보고는 아무래도 그를 은연중에 따르게 된 모양이었다.

그의 입장에서는 조연출을 하며 몸에 밴 행동이었지만 지금 같은 상황이 되자 사람들은 무의식중에 누군가를 믿고 의지하고 싶은 기색이었다.

정작 일행을 이끌어야 할 나윤섭 PD까지 묵인하니 사람들은 당연하게 그의 리드를 받아들였다.

"음. 남쪽으로 가서 강줄기를 찾을 생각입니다."

베이스캠프에서 북쪽으로 이동을 하다 이런 사달이 난 것이니, 그는 남쪽을 향해 가다 보면 베이스캠프를 찾을 수 있을 거라 생각했다. 아니, 베이스캠프를 찾지 못하더라도 최소한 강줄기는 만날 수 있을 테니, 최악의 경우 강줄기를 따라 마나우스로 향할 예정이었다.

대충 설명을 하니 사람들이 고개를 끄덕이는데 차동수가 이의를 제기했다.

"마나우스와 베이스캠프의 거리가 대충 300킬로미터 정도였어. 그런 거리를 우리끼리 가자고? 그냥 걷기도 힘든 걸 이 위험한 아마존에서?"

선두에 서고 나니 혹시 모를 맹수의 습격에 여간 신경이 곤두서는 게 아니었던지라, 짧은 시간 만에 정신적으로 지쳐버린 차동수가 고개를 절레절레 저었다.

"아니요. 그건 최악의 상황이고. 일단은 베이스캠프를 찾을 예정입니다. 베이스캠프와 강이 그다지 멀지 않았으니 찾다 보면 낯익은 곳이 나오겠지요."

사실 그마저도 쉬운 길은 아니겠지만 장택근은 희망적으로 이야기했다. 그는 지금 이 순간 자신들에게 필요한 것이 잠시 한숨을 돌릴 여유와 희망이라는 것을 잘 알고 있었다.

아마존의 밀림은 매체로 접하는 것과는 차원이 달랐다. 가도 가도 끝이 없는 이 광대한 열대수의 바다는, 보보마다 작고 큰 생명체가 살아 숨 쉬고 있는 것을 느낄 수 있었다. 말 그대로 생명력이 충만한 곳이었다.

하지만 그런 생명체 중에서 사람들의 생명을 위협할 만한 존재들이 얼마나 될지 도무지 알 수가 없었다. 당장 첫날에 보았던 재규어는 말할 것도 없었고, 언제 어디서 튀어나올지 모르는 독충과 뱀 따위에 신경이 바짝 곤두섰다.

사람들은 원시의 수림 속에서 질식할 것만 같은 두려움을 느꼈다.

인간이 자연 앞에서 얼마나 초라한 존재인지 뼈저리게 느끼고 있었다.

일행의 선두에서 수풀을 베어내며 걸음을 옮기는 차동수만 해도 작은 소리라도 들릴라 치면 어깨를 떨며 불안한 눈동자를 이리저리 굴리느라 정신이 없었다.

그간 접해왔던 아마존의 수많은 괴담. 일행의 얼굴에서 미소가 사라지는 순간 그 괴담들이 현실이 되어 그들을 짓누를 것이 자명했다.

최소한 지금만큼은 그런 상황이 와서는 안 됐다.

얼마가 될지 모르지만 베이스캠프를 찾는 그 순간, 아니, 최소한 강줄기를 찾는 순간까지만 사람들이 평정을 유지해

주기를 바랐다.

그러한 마음이 비단 장택근만의 것은 아니었으리라. 그렇지 않았다면 자신들이 아마존에 온 이유, 촬영의 가장 큰 목표를 아무도 꺼내지 않는다는 것이 말이 되지 않았다.

실종자의 길.

몇 번이나 아마존을 찾은 사람들을 집어삼킨 그 강대한 자연에 대한 답사가 단순 촬영이 아니라 현실이 되어버렸다.

누군가가 그 사실을 표면 위로 꺼내는 순간 평정을 가장한 일행이 단숨에 무너질 것이다.

오죽하면 방금 전에 있었던 윤신애의 돌발 행동이 그리울 지경이다. 최소한 그 순간만큼은 사람들이 지금의 상황도 잊고 떠들 수 있었으니까.

그렇게 생각하니 윤신애가 달라보였다.

장택근이 저도 모르게 윤신애를 곁눈질로 바라보았다.

이지원도 그렇고, 윤신애도 참 미인이다.

이지원의 압도적인 카리스마에는 미치지 못했으나 윤신애의 외모 역시 발군이었다. 밀림 속에서의 야숙과 고된 강행군으로 엉망이 된 상태에서도 빛을 발하는 외모에 그는 한참이나 그녀를 바라보았다.

덕분에 발목을 채는 넝쿨에 넘어질 뻔했으나, 다행스럽게도 바닥에 나뒹구는 볼썽사나운 꼴은 면할 수 있었다.

잠시 한눈을 판 것을 자책하던 장택근은 순간 온몸이 굳었다. 느릿느릿하게 걸음을 이어가는 일행의 곁으로 따라붙은 은밀한 그림자를 본 탓이었다.

　볕이 들지 않는 수림의 그림자를 교묘하게 오가며 일행에게 따라붙은 그림자는, 장택근이 이상을 눈치챈 순간 벼락처럼 달려들었다.

　흉물스러운 주둥이를 쩍 벌리고, 단숨에 날아든 그것은 끔찍하게도 윤신애의 얼굴을 집어삼켜 버렸다. 사람들이 비명을 내지르며 분분히 흩어지는데, 가엾은 윤신애가 '그것'의 주둥이를 양손으로 부여잡고 버둥거렸다.

　하지만 가녀린 그녀의 힘없는 발버둥 따위는 아랑곳하지 않은 '그것'은 나타났을 때와 마찬가지로 순식간에 그들의 시야에서 사라져 버렸다.

　장택근은 아름다운 얼굴이 그 흉측한 주둥이로 빨려 들어가는 것을 멍하니 바라보다, '그것'이 자리를 벗어나자마자 비명과도 같은 욕설을 내뱉었다!

＊　　　＊　　　＊

"제기랄!"

　갑작스러운 장택근의 욕설에 사람들이 일순간 걸음을 멈

췄다. 모두가 얼굴에 의아한 얼굴을 떠올리는데, 이지원이 가까이 와 그의 어깨를 툭 하고 쳤다.

"뭐야, 왜 그래?"

혹시라도 무언가를 발견한 것은 아닌지 주변을 살펴보며 그에게 묻는 그녀의 어조에 약간의 두려움이 묻어 있었다.

순간적으로 정신을 차린 장택근은 그런 그녀의 질문에 뭐라 대답조차 못하고 거친 숨만 몰아쉬었다.

마치 전력으로 한참을 질주한 것처럼, 터질 것같이 심장이 뛰어대고 숨이 턱 끝까지 차올랐다.

'윤신애는?'

하지만 뒤늦게 정신을 차리고 윤신애를 찾아보았다. 거대한 그림자에 삼켜져 버렸던 윤신애가 의아한 얼굴을 하고 있다 눈이 마주치자 배시시 웃어 보였다.

장택근은 온몸에 소름이 돋았다. 마치 죽은 사람을 눈앞에서 본 것 같은 기분에 온몸의 털이란 털이 모두 곤두섰다.

방금 전에 떠올랐던 끔찍한 광경이 미소 짓는 그녀와 겹쳐져 보였다.

그는 본능적으로 주변을 둘러보았다. 그리고 그는 보았다. 환상인지 망상인지 구분조차 가지 않는 기억 속에서 보았던 검은 그림자를.

치렁치렁하게 늘어진 수림의 넝쿨 속에서 마치 그것들과

동류인 양 늘어져 있던 그림자가 일순간 몸을 빳빳하게 드는 것이 보였다.

다행스럽게도 늦지 않았다. 무엇이 다행인지도 알지 못한 채 그는 자리를 박차고 몸을 날렸다.

"꺅!"

덕분에 바로 곁에까지 와 있던 이지원이 넘어질 뻔하며 비명을 질렀지만 그는 개의치 않았다. 아니, 신경 쓸 여력조차 없었다는 게 맞을 것이다.

방금 그가 발견한 무언가가 민활하게 움직이기 시작했던 탓이다. 환상 속에서 보았던 것처럼 그림자는 장택근이 낌새를 눈치채자마자 윤신애를 향해 다가오기 시작했다.

거대하고 기다란 몸이 수림을 타고 넘으며 빠르게 접근했다.

"뭐 하는 거야!"

뒤늦게 여기저기서 그의 행동에 대한 질타가 터져 나오고, 원성이 들려왔다.

하지만 그에게는 지금 아무것도 들리지도, 보이지도 않았다. 오직 끔찍하게 그림자에게 집어삼켜졌던 윤신애의 최후만이 보였을 뿐이다.

"조, 조감독님?"

갑작스러운 그의 돌발 행동에 윤신애가 다소 위축된 말투로 그를 불렀다. 왜인지 모르지만 자신을 죽일 듯한 기세로 달려드는 그의 모습에 겁을 집어먹은 기색이었다.

장택근은 그런 그녀의 말에 대답할 여유도 그대로 몸을 날렸다. 그러고는 윤신애의 허리춤을 잡아 그대로 수풀 속으로 몸을 던졌다.

"꺄악!"

윤신애가 비명을 질렀다. 그리고 그와 동시였을 것이다. 찰나의 틈을 사이에 두고 거대한 그림자가 방금 전까지 윤신애가 있었던 곳을 덮쳤다.

텁 하는 소리와 함께 환상 속에서 윤신애를 집어삼켰던 거대한 주둥이가 허공을 짓이길 기세로 깨물었다.

"뭐, 뭐야!"

갑작스러운 장택근의 돌발 행동에 놀라 눈을 크게 뜨고 있던 일행이 찢을 듯이 눈을 더 크게 뜨며 신음이나 비명 따위를 내질렀다.

쉬익, 쉭.

거대한 그림자는 자신의 습격이 실패한 것에 분통이 터졌는지 그 흉물스러운 혀를 날름거리며 듣기 싫은 소리를 냈다.

두 쪽으로 갈라진 혀가 탐욕스럽게 몇 번이나 흉악한 주둥이 사이를 비집고 나와 허공을 핥는 것을 발견한 사람들이 저마다 비명을 지르거나 바닥에 주저앉으며 겁에 질려 난리를 피웠다.

아나콘다가 그렇게 소란을 떠는 일행을 노려보며 목을 빳빳이 세웠다. 어지간한 성인의 몸통보다 배는 굵은 그 거체에 사람들이 다시 한 번 비명을 질렀다.

그 순간 이제껏 일행의 소란 속에 몸을 숨기고 있던 따뚜가 앞으로 나섰다.

쉬익!

망설임 없이 한 걸음 앞으로 튀어나온 그를 보고 아나콘다가 위협적으로 머리를 흔들었다.

"따뚜!"

그사이에 따뚜와 제법 친해졌다 말할 수 있는 차동수가 비명처럼 그의 이름을 부르는데, 그 소리에 자극을 받은 것인지 아나콘다가 온몸을 뒤틀며 달려들 기미를 보였다.

그 순간, 따뚜가 허리춤에서 무언가를 꺼내 아나콘다에게 내던졌다. 힘차게 내던진 그것은 그가 던진 기세에 비해 너무도 느릿느릿하게 허공에서 흩어졌다.

순백의 분말이 허공을 가득 채우며 순간적으로 아나콘다와 일행 사이로 퍼져 나갔다. 낭상에라도 달려들 것처럼 몸을 곧추세웠던 아나콘다가 눈앞에 퍼져 나가는 새하얀 가루들을 바라보다가 몸을 떨었다.

느릿느릿하다 했더니 어느새 퍼질 대로 퍼진 가루가 아나콘다의 몸에 닿고, 아나콘다가 온몸을 비틀며 난동을 피웠다.

그 서슬에 주변의 나뭇가지가 부러지고, 수림이 엉망이 되어 버린다.

마치 소리 없이 울부짖듯 입을 벌렸다 닫으며 허공을 짓이 기는 아나콘다의 주둥이가 일순간 높게 쳐들렸다.

아나콘다가 난동을 피우며 보인 그 어마어마한 힘에 압도 되어 도망갈 생각도 하지 못한 채 이를 지켜보고 있던 사람들 이 일순간 눈을 크게 떴다.

아나콘다가 몸을 돌려 밀림의 그림자 속으로 사라지고 있 었다. 그렇게 아마존의 포식자가 밀림 속으로 사라지고 나서 도 한참이나 사람들은 움직일 생각조차 하지 못했다.

"크윽."

아마 장택근의 신음 소리가 아니었다면, 사람들이 얼마나 더 아나콘다가 사라진 방향을 겁에 질려 쳐다보고 있었을지 몰랐다.

뒤늦게 정신을 차린 일행이 수풀 속에 널브러진 장택근과 윤신애를 향해 몰려들었다.

"신애 씨! 택근 씨!

사람들이 호들갑을 떨며 윤신애를 일으켜 세우며 다친 곳 이 없나 확인을 하는데, 차동수가 신음을 내뱉었다.

잔가지 따위에 피부가 몇 군데 긁히고 끝난 윤신애와는 달 리 장택근은 제법 심각한 부상을 입었던 탓이다. 바닥에 쓰러질 때 위치가 좋지 않았는지, 옆구리를 꿰뚫고 나온 나뭇가지의 끝이 마치 송곳처럼 날카로웠다.

"택근 씨! 괜찮아?"

차동수는 아직까지 눈도 뜨지 못하고 신음만 내뱉는 장택근의 뺨을 두들기며 몇 번이나 그의 이름을 불렀다.

"으윽… 안 괜찮은 거 같은데요."

장택근이 한참 만에 눈을 뜨며 차동수에게 대답했다. 그가 깨어나자 차동수는 안도의 한숨을 내쉬었다.

바로 곁에 있던 응급치료 전문가 진재영이 능숙한 손길로 나뭇가지를 제거하고 바로 지혈제를 쏟아부었다. 그러고는 뭔지 모를 액체를 그의 상처에 들이붓는데, 그때까지만 해도 간간히 신음 소리만 내던 장택근이 비명을 질렀다.

"끄아악!"

비명을 지르며 순간적으로 몸을 튕겨내는 그를 차동수가 본능적으로 짓눌렀다. 진재영이 그런 그를 보며 눈빛으로 고맙다 말하고 다시 치료의 손길을 이어갔다.

"아파도 조금만 참아요. 금방 끝나요."

아무래도 세균 감염을 우려해 소독용 알코올이라도 부은 모양이다.

아직까지 통증이 상당한지 자꾸만 몸을 비트는 장택근의

허리에 그녀가 붕대를 감았다.

옷을 찢어 상처를 확인하고 치료를 완료하기까지 그녀의 손길은 더없이 신속했다. 덕분에 장택근의 몸부림이 뜸해질 즈음에는 이미 상처를 붕대로 감기까지의 치료가 끝난 상태였다.

"괜찮아요?"

붕대가 제대로 매였는지 제대로 확인하며 상태를 묻는 그녀에게 장택근이 덜덜 떨리는 음성으로 대답했다.

"선생님 눈에는 이게 괜찮아 보여요?"

"대답하는 거 보니 괜찮네. 다행스럽게도 장기를 건드리지는 않은 거 같아요. 평소에 운동 안 하셨나 봐요. 옆구리 살이 옆으로 나와서 살만 뚫렸어요. 이런 건 또 처음 보네요."

신경질적인 그의 대답에 대답하는 그녀의 음성이 심드렁했다.

"날씨가 습해서 염증이 생기기라도 하면 큰일이긴 한데 다행스럽게도 아직 항생제가 많이 있어요."

일견 성의 없는 태도였지만, 말하는 도중에 몇 번이나 다행이란 단어를 반복하는지 그녀가 내심 안도하고 있다는 사실이 은연중에 드러냈다.

섬세하다기보다는 우악스러웠던 그녀의 손길에 더해 밉살맞은 말투까지, 장택근은 괜한 원망이 고개를 드는 것을 느끼고는 쓴웃음을 지었다.

"고맙습니다. 그보다 윤신애 씨는요?"

그의 말에 진재영이 어깨를 으쓱해 보이고는 자리에서 일어났다. 그런 그녀의 뒤에서 윤신애가 눈물이 그렁그렁한 얼굴로 그를 바라보고 있었다.

"흑, 고맙습니다. 정말 고맙습니다."

정신이 없는 와중에도 아나콘다가 자신을 노렸다는 것을 본능적으로 느꼈는지, 그녀가 몇 번이나 감사하다는 인사를 했다.

스스로도 장택근이 아니었으면 지금쯤 아나콘다의 배 속에 있을 거란 사실을 알고 있었던 데다가 자신을 구해준 그가 심한 부상까지 당해버렸으니 그 감사함에 미안함이 더해져 몸 둘 바를 모르게 되어버렸다.

"안 다쳤으니 다행이에요."

장택근이 그런 그녀의 감사인사에 너스레를 떨며 괜찮은 척을 해 보이는데 곁에 있던 진재영이 슬며시 그의 상처 부근을 건드렸다.

"끄아아악!"

눈물을 찔끔 흘리며 비명을 지르는 그를 보며 진재영이 말했다.

"괜찮기는요. 정말 괜찮으면 진통제 안 드립니다."

장난스러운 어투가 어찌나 얄미운지 아프다고 숨을 껵껵거리는 와중에도 장택근이 이를 갈았다.

"보셨죠? 장택근 씨 꽤 많이 다쳤으니까. 도의적으로 잘 보살펴 주서야 합니다."

그녀의 말에 윤신애가 더욱 미안한 낯을 해 보이며 고개를 끄덕였다.

그렇게 장택근의 상처에 대한 응급처치가 끝나자 사람들이 방금 전에 자신들을 습격했던 거대한 아나콘다에 대해 떠들어댔다.

성인 남성의 몸통보다 배는 굵은 몸통하며, 그 어마어마한 길이하며. 생전 처음 보는 아나콘다의 거체는 괴물이라는 단어가 절로 떠오르는 모습이었다.

"그나저나 따뚜 아니었으면 큰일 날 뻔했어."

"그러게. 근데 대체 뭘 던졌기에 아나콘다가 그렇게 기겁을 하지?"

화제는 자연스럽게 아나콘다를 쫓아 보낸 따뚜에게 넘어갔다. 생각하는 것만으로도 가슴이 덜컥 내려앉는 거대한 괴물을 쫓은 따뚜와 그 하얀 가루에 대한 호기심이 드는 모양이었다.

"궁금하면 물어보든가."

하지만 말이 통해야 그 호기심도 충족이 될 텐데 따뚜의 영어는 실로 난해했다. 결국 사람들이 하얀 가루에 대한 의문을 뒤로하는데, 장택근이 자리에서 일어났다.

한쪽에는 차동수가 그를 부축하고, 반대편에는 윤신애가 그의 몸에 딱 붙어 있었다. 아무래도 그의 부축을 다른 사람에게만 맡기기에는 고마움과 미안함이 너무 컸던 모양이다.

대충 부상자가 수습되자 사람들이 다시 길을 나서는데, 이번에는 아무도 선두에 서지 않으려 했다.

주변에 둘러싼 진녹색의 수풀과 그 사이 사이에 도사린 어둠에 사람들이 잔뜩 겁을 집어먹은 표정이다.

결국 따뚜가 선두를 맡기로 하고, 사람들이 그 뒤를 따르는데 방금 전의 소란스러웠던 분위기가 오히려 그리워질 정도로 공기가 무거웠다.

첫째 날은 재규어, 둘째 날 아침에는 의문의 실종, 그리고 방금 전에는 거대한 아나콘다의 습격까지 있었다.

겁이 나지 않으면 오히려 이상한 상황이다.

현대에서 살아가던 사람들이 갑작스레 아마존에서 조난당한 상황, 그 사태의 심각성을 생각해 보면 오히려 지금 일행이 보이는 모습은 침착하다 해도 좋을 것이다.

하지만 이는 사람들이 은연중에 곧 구조될 것이다, 곧 베이스캠프를 찾을 수 있을 것이다, 라는 낙관적인 생각으로 조난에 대한 공포를 억누르고 있는 까닭이었다.

평소 매체를 통해 보아왔던 아마존의 포식자들과 온갖 기괴한 생명체는 이 순간 그들의 머릿속에 없었다.

또한 방금 전에 보았던 아나콘다에 대한 것조차 기억에서 지워 버린 것처럼 행동하는 그들의 모습은 지독스럽게 위태로워 보였다.

그렇게 억지로 만들어낸 평화로움이나마 필사적으로 부둥켜안았지만, 이내 조그만 소리라도 날라 치면 놀라 소스라치는 사람들의 얼굴이 점점 딱딱하게 굳어갔다.

*   *   *

장택근은 가만히 생각에 잠겼다. 욱신거리는 옆구리의 통증 탓에 걸음을 옮기는 것도, 또 그렇게 밀림을 헤쳐 나가며 생각에 집중하는 것도 쉽지 않았지만 그는 필사적으로 머리를 굴렸다.

'대체 그 환상은 뭐였지?'

그저 위기 상황에서 떠올린 편집증적인 망상이라고 하기에는 이미 드러난 일들만 해도 그렇게 허투루 생각할 만한 일이 아니었다.

처음에는 김용민의 실종이었다.

그 자리에 있지도 않았건만, 마치 눈앞에서 모든 것을 지켜

본 것처럼 김용민이 사라지는 광경이 보였다. 게다가 사건이 발생한 이후에 영상을 더듬으며 흔적을 찾아보니, 모든 것이 그가 보았던 환상과도 같은 광경과 일치했다.

게다가 윤신애의 일은 어떤가.

환상이라고 치부하기에는 너무도 생생했던 영상이다.

아니, 이제 와서 생각해 보니 그것은 차라리 예지에 가까웠다.

아나콘다의 존재와 습격으로 그가 본 환상이 그저 망상이 아님이 증명되었다. 그렇게 생각하고 나니, 전날 밤에 보았던 검은 재규어가 떠올랐다.

어둠 속에서 웅크리고 있다가 조용히 펜던트를 건네주고 간 아마존의 포식자. 상황이 이렇게 되어서야 그것도 헛것을 본 것이라고 치부하기 어려워져 버렸다.

"미안해요."

윤신애의 음성에 그는 상념 속에서 깨어났다. 고개를 돌리자 당장에라도 울 것만 같은 얼굴을 한 그녀가 있었다.

아마도 그가 인상을 찡그리자 통증 탓이라고 생각하고 죄책감이 든 모양이다.

"아, 그렇게 미안해할 필요 없어요."

농담으로라도 괜찮다는 말은 차마 하지 못한 장택근의 대꾸에 그녀의 표정이 더욱 처량해졌다. 몇 번이나 입을 열었다

닫으며 그녀를 위로할 말을 떠올려 보려 했지만, 애초에 그는 죄책감에 시달리는 여인을 달래줄 만큼 경험이 많지도, 능숙하지도 않았다.

"그보다 좀 쉬었다 가야 하지 않아요?"

결국 한숨을 내쉬며 말을 돌렸다. 그의 말에 차동수가 잠시 주변을 둘러보는 시늉을 했다. 여전히 울창한 수림 그 어디에도 몸을 쉴 만한 공간은 보이지 않았다.

전날 맞닥뜨렸던 재규어와 오늘 있었던 아나콘다의 습격을 떠올리면 이런 곳에서 쉬는 것은 절대 사양하고 싶은 표정이었다.

"그렇지, 슬슬 체력적으로 무리가 올 거야. 아무리 느리게 이동했어도 우리 최소 10킬로미터는 이동한 것 같아. 왜? 상처 때문에 힘들어?"

장택근의 안색을 살피는 것이, 혹여 상처가 덧난 것은 아닌지 걱정하는 기색이 역력했다.

"아니요. 진통제가 잘 드는지 별로 아프지는 않아요. 그보다 오늘 오전 이후로 한 번도 쉰 적이 없는 것 같아서요."

아닌 게 아니라 그의 말마따나 장택근을 비롯한 일행은 촬영팀과 헤어진 이후로 단 한 번도 쉬지 않고 계속해서 이동했다.

이쯤 되면 이지원과 윤신애를 비롯한 여자들뿐만이 아니

라 남자들에게도 체력적으로 무리가 올 만한 강행군이었다.

"그러게. 어디 쉴 곳이 나오면 잠깐 쉬어 가야겠다."

말이라도 통했으면 따뚜에게 쉴 만한 곳을 찾아보라 하겠지만, 따뚜와 의사소통하는 것이 보통 어려운 일이 아니었다.

결국 이동하다 눈에 뜨이는 공터라도 있으면 잠시 쉬어 갈 것을 결심한 차동수가 일행에게 쉴 장소를 눈여겨 찾아보라 말했다.

그의 말이 끝나기가 무섭게 따뚜가 손짓 발짓으로 일행을 세워두고는 어디론가 사라졌다. 말이 안 통하더라도 유일하게 아마존에서 믿고 의지할 수 있는 길잡이가 갑자기 사라지자 사람들의 얼굴에 불안감이 떠올랐다.

다행스럽게도 따뚜는 그리 오래지 않아 돌아왔는데, 이내 일행을 이끌고 밀림의 한구석으로 향했다.

마치 차동수의 말을 알아들은 것처럼 그는 꽤나 널찍한 공터를 찾아냈다. 일행을 바라보며 가방을 내려놓으라는 시늉을 하라는 것이 이곳은 안전하다는 것 같았다.

불안한 눈으로 주변을 둘러보다 사람들이 하나둘 등에 멘 배낭을 내려놓고는 바닥에 너부러졌다. 워낙 겁에 질린 상태였던지라 깨닫지 못했었는데 이렇게 바닥에 앉으니 갑작스레 피로가 몰려왔다.

사람들은 옷이 더러워지는 것 따위는 아랑곳하지 않고 바닥에 눕거나 주저앉으며 저마다 휴식을 취했다.

"이런… 다시 일어나기 힘들겠는데?"

군대에서 질리도록 겪었던 행군을 떠올리며 차동수가 그렇게 중얼거렸다.

지금까지야 워낙에 사태가 급박하니 초인적인 힘으로 강행군을 견뎌냈다지만, 지금처럼 체력적으로 한계에 달했다는 것을 스스로 깨닫고 나면 다시 길을 가기가 쉽지 않을 것이 자명했다.

장택근 역시 바닥에 주저앉아 차동수의 말에 동의를 표했다. 다른 사람들은 말할 것도 없이 당장 자신만 해도 다시 일어날 수 있을 것 같지 않았다.

"어우, 이 벌레 새끼들. 진짜 세스코라도 부르고 싶다. 누구 살충제 갖고 있는 사람 없어?"

아마존에 들어선 이후 단 한 번도 벗어날 수 없었던 벌레 때에 넌더리를 내며 누군가가 말했다. 말과는 달리 벌레 떼를 쫓아낼 힘도 없는지 몇 번인가 손을 흔들다가 그대로 미동도 하지 않는 일행이었다.

"목 안 말라요?"

나무둥치에 기대 아무렇게나 주저앉은 장택근에게 윤신애가 다가왔다. 여전히 죄책감 가득한 얼굴로 물통을 내미는 그녀를 바라보던 그는 이내 피식 웃고는 물통을 건네받았다.

"고마워요."

이곳이 아마존이 아니었다면 꽤나 기분이 좋았을 것이다. 눈이 번쩍 뜨이는 미녀가 안절부절못하며 챙겨주지 못해 안달을 내는 광경이라니, 평생 생각도 하지 못했던 호사였다.

곰곰이 생각해 보면 위기에 빠진 미녀를 구한 용기 있는 남자 주인공, 영화 속에서나 볼 법한 상황이었다. 게다가 더욱 기분이 좋아지는 것은 자신이 그 주인공이었다.

이지원의 도도하고 차가운 얼굴과는 다르게 여성스러움이 가득한 얼굴이 매력적인 아가씨다. 오밀조밀한 이목구비에 여리여리한 몸까지, 기획사에서 저런 아가씨를 아마존 오지로 내몰았다는 사실이 믿겨지지 않을 만큼 가녀리고 청순한 인상의 그녀였다.

"저… 저기… 정말 고마워요."

자기도 모르는 사이에 넋 놓고 그녀를 바라보고 있었던 모양이다.

장택근은 발갛게 달아오른 얼굴을 한 그녀를 바라보다 헛기침을 했다.

"아뇨. 제가 아니었어도 누구라도 그렇게 했을 겁니다."

만약 자신이 보았던 환상을 보았다면 말이다.

그의 대범한 태도에 윤신애가 수줍은 얼굴로 그의 곁에 앉았다.

"아니요. 누구나 그렇게 하진 않았을 거예요. 저는 제대로 못 봤지만 이야기를 들어보니 진짜 어마어마한 뱀이었다면서요."

그녀의 말에 그는 조금이지만 어깨에 힘이 들어가는 것을 느꼈다. 당시에는 너무도 생생했던 환상을 보고 난 뒤라 반쯤 정신을 놓고 달려들었는데, 다시 생각해도 자신의 행동이 만족스러웠다.

덕분에 이런 미녀의 관심과 보살핌을 받고 있지 않은가. 게다가 진통제 탓인지 통증도 이제는 거의 느껴지지 않았다. 자연스럽게 남성의 본능이 고개를 쳐들었다.

"잘들 하는 짓이다. 지금 상황이 어떻게 돼가는지도 모르고 연애질이야? 안 더워? 보는 내가 다 뜨겁구만."

언제 다가왔는지 모르게 이지원이 다가와 이죽거렸다. 그 말이 너무도 노골적이라 장택근과 윤신애가 동시에 얼굴을 붉혔다.

그들이 그러거나 말거나 곁에 다가온 이지원이 늘씬한 다리를 뻗으며 죽는 소리를 했다.

"거르지 않고 운동했는데, 역시 이런 곳에서는 안 통하는 모양이네."

무더운 날씨에 흐른 땀 탓에 바지가 착 달라붙어 매력적인 곡선이 그대로 드러났다. 자신도 모르는 사이에 감탄을 토한 장택근이 왠지 따가운 시선이 느껴져 고개를 돌리자 윤신애가 뾰로통한 표정을 짓고 있었다.

"그보다 다시 봤어. 술도 약해서 비리비리한 줄 알았더니 꽤나 강단 있는 사람이었네."

이지원이 지나가는 투로 그렇게 말하자 장택근은 전날 오지형과 있었던 술자리를 떠올리고는 어색한 얼굴을 했다.

그날의 일은 정말 다시 생각해도 지우고 싶은 기억이었다. 처음 보는 미모의 여배우에게 토사물을 뿌리다니.

"오 감독님은 괜찮으실까요?"

그날의 일을 생각하니 자연스럽게 오지형 감독이 떠올라 그가 그렇게 물으니, 이지원이 어깨를 으쓱했다.

"괜찮겠지. 그쪽이야 체력 좋은 카메라팀이잖아. 이런 비리비리한 연출팀보다는 그쪽이 더 안전하지 않겠어?"

평소 무거운 촬영 장비를 들쳐 메고 다니느라 체력이 좋은 그들을 떠올린 이지원의 대답이었다.

"근데 말이야."

늘씬하게 뻗은 다리를 주무르고 있었던 이지원이 갑자기 몸을 돌리더니 그에게 바짝 다가섰다.

"어떻게 된 일이야?"

마치 맛 좋은 먹이를 발견한 고양이와도 같은 표정을 한 그녀가 눈을 빛냈다. 갑작스레 얼굴을 들이민 이지원 탓에 화들짝 놀란 장택근이 대답조차 못 하고 입만 어버버거렸다.

속눈썹 하나까지 구분이 갈 정도로 지척에 다가선 그녀의 얼굴, 왠지 모르게 달게 느껴지는 그녀의 숨결마저도 느껴질 정도였다.

"당신 말이야. 꼭 아나콘다가 신애를 덮칠 것을 알고 있었던 사람 같았어."

지척까지 들이밀어진 아름다운 얼굴에 잠시 넋을 놓고 있었던 장택근의 등가로 차가운 무언가가 흘러내렸다.

"아나콘다가 처음 나타났던 곳에서는 차라리 다른 사람들이 가까웠거든. 근데 당신은 마치 알고 있었다는 듯이 신애를 밀치더라고."

전혀 예상치도 못했던 그녀의 질문에 그가 진땀을 흘렸다.

뭐라고 말할까. 신이라도 내려 앞날을 보았다고 할까. 그도 아니면 예리한 눈썰미로 아나콘다의 방향을 알아차렸다고 할까.

둘 다 말이 되지 않았다.

애초에 스스로도 확신할 수 없는 기이한 현상이었는데 이제 와서 누군가에게 그 일을 말한다는 것은, 나 미친 사람이오 하고 광고를 하는 것과 다름이 없었다.

장택근이 진땀을 흘리며 그녀의 시선을 회피하는데 이지원이 다시 물었다.

"다른 사람들은 못 봤어도 나는 다 봤어. 당신은 처음부터 아나콘다의 존재를 알고 있는 것 같았어."

그녀의 질문이 점점 예리해져 간다.

"에이, 말도 안 되는 소리 말아요. 그냥 신애 씨가 제일 가장자리에 있었잖아요. 뭔가 확 한다 싶어서 무작정 달려간 거라니까요."

스스로가 생각해도 설득력 없는 대답이다.

자신 없는 그의 변명에 그녀가 가늘게 눈을 좁혔다. 그녀가 다시 한 번 입을 열려는데 윤신애가 불쑥 끼어들었다.

"선배님, 너무 과민하신 거 아니에요? 그런 걸 다 알았으면 조감독님이 저렇게 다치셨겠어요?"

그녀의 말에 이지원이 고개를 갸웃거리다가 다시 대답했다.

"거기까진 몰랐을 수도 있잖아."

여전히 포기하지 않는 그녀의 태도에 장택근이 에라 모르겠다, 하는 심정으로 옆구리를 부여잡았다.

"아야야야!"

"괜찮아요? 아파요?"

앓는 소리를 내며 인상을 찡그리니 윤신애가 눈을 휘둥그레 뜨고는 발을 동동 굴렀다.

찰싹 달라붙은 탓에 그녀의 풍만한 가슴이 순간적으로 느껴져 그는 당황했지만, 여전히 눈을 가늘게 뜨고 자신을 노려보는 이지원 탓에 내색하지 못했다.

"안 그래도 진통제 주라고 해서 온 거야."

이지원이 멀찌감치 떨어져서 완전히 실신한 사람처럼 누워 있는 진재영을 가리키며 말했다. 윤신애가 그녀가 내민 진통제를 냉큼 받아 들어 물통과 함께 그에게 내밀었다.

"선배님, 환자라 안정을 취해야 할 것 같아요."

이제껏 이지원에게 깍듯하게 선배 대접을 하던 윤신애치고는 꽤나 공격적인 태도였다. 명백한 축객령에 이지원이 어깨를 으쓱해 보이고는 제자리로 돌아갔다.

"여기, 어서 드세요."

여전히 장택근을 품에 안은 자세로 이지원이 물통의 뚜껑을 열어 진통제를 그의 입에 넣어줬다.

그들은 여전히 아마존의 밀림에서 길을 잃은 상태였고 자신은 옆구리를 나뭇가지에 관통당하는 상처를 입었다.

이 험난한 밀림 속에서 과연 베이스캠프를 제대로 찾을 수 있을지도 의문이다.

하지만 그 모든 상황에도 불구하고 장택근은 자꾸만 새어 나오려는 웃음을 참아야 했다.

6장

의문

"끄으응."

몽롱했다.

마치 물 속에 잠겨 있는 사람처럼 아무 소리도 들리지 않고, 기이한 부유감만이 몸을 감싸고 있었다. 눈을 떠보려 해도 눈꺼풀이 천근만근이라도 된 것처럼 꿈쩍도 하지 않았다.

주변에서 뭐라 이야기하는 것이 들렸는데, 도대체가 무슨 이야기를 하는지 알아들을 수가 없었다. 그저 웅웅거리는 소리만이 귓가를 파고드는데 그 소리가 한없이 크게만 느껴져 머리가 터질 것만 같았다.

장택근은 이렇게 죽는가 하고 덜컥 겁을 집어먹었다. 소리라도 내어 도움을 요청하고 싶었지만 바짝 마른 목구멍은 둘째 치고 입술조차 움직이지 않았다.

불과 몇 시간 전까지만 해도 그는 신선놀음하는 기분으로 윤신애의 보살핌을 즐기고 있었다. 그러던 것이 불현듯 오한이 들더니 고열로 이어져 버렸다.

뒤늦게 진재영이 와서 그의 상태를 확인해 봤지만 달리 방법이 없어 해열제와 항생제만 처방했을 뿐이다.

아무래도 그들이 있는 곳은 아마존, 알려진 것보다 그렇지 않은 곳이 더 많은 태고의 자연이기에 알 수 없는 균에라도 감염된 모양이라고 생각했다. 당장에라도 정밀 검진을 통한 치료를 해야 했지만 이런 곳에 그런 설비가 있을 리가 없었다.

지금은 그저 그의 면역력이 이 미지의 균을 이겨내기를 바랄 뿐이었다.

그렇게 장택근의 상태를 살피느라 잠깐 쉬어 가려고 했던 곳에서 그대로 야영을 준비해야 했다.

"아직 차도가 없어?"

이제는 아예 장택근을 품에 안다시피 한 윤신애가 눈물로 엉망이 된 얼굴로 고개를 저었다.

아무래도 그가 그렇게 된 것이 자신을 구하다 다친 탓이라

고 생각하는 모양인지, 짧은 시간 만에 안색이 극도로 초췌해
져 있었다.

그녀의 대답에 이지원이 한숨을 내쉬었다.

기세 좋게 달려나가 윤신애를 구하더니, 정작 제 스스로가
죽을 둥 살 둥 사경을 헤매고 있다.

한심하다고 해야 할지, 가상하다고 해야 할지.

다만 확실한 것은 장택근이 잘못되는 순간 윤신애가 견디
지 못할 거란 사실이었다. 자신을 구하려다 다른 사람이 죽는
다니… 상상만 해도 그 중압감은 끔찍했다.

딱 보아도 여려 보이는 윤신애가 그런 멍에를 짊어지고 아
무렇지도 않게 살아갈 수 있을 것 같지 않았다.

열악한 환경 탓에 할 수 있는 것이 없음에도 그녀는 지극정
성으로 장택근을 돌봤다. 식수를 모아 그의 몸을 닦아내고 벌
레가 들러붙지 않도록 내내 신경을 쓰는데, 그 태도가 어찌나
극진한지 제 몸에 달라붙은 벌레는 신경도 쓰지 못하는 모습
이었다.

이지원이 한숨을 내쉬고는 자리로 돌아갔다.

전날 야영지에서의 기억을 더듬어 몇 개인지 모를 모닥불
을 일찍부터 지펴놓았다. 최소한 불빛을 보고 짐승들이 함부
로 달려들지 못하기를 바라면서 그들은 공터를 환하게 밝혔
다.

그리고 그 중앙에서 따뚜가 부지런히 무언가를 하고 있었다. 장택근이 고열에 시달리기 시작하자 어디론가 사라졌다 돌아온 그는 온몸에 진흙을 바른 상태였다.

어디서 구했는지 모를 알록달록 다양한 색의 진흙을 온몸에 문신처럼 펴 바른 그가 공터의 중앙의 모닥불을 맴돌며 끊임없이 뭔가를 중얼거렸다. 이따금씩 정체 모를 풀로 모닥불을 내려치는데 신기하게도 풀에는 불이 옮겨붙지 않았다.

그렇게 몇 시간째다.

이제는 중얼거림이라기보다는 흥얼거림에 가까워진 따뚜의 읊조림이 야영지에 울려 퍼졌다.

"조용히 시켜야 하는 거 아냐? 저러다가 소리 듣고 뭐라도 달려오면 어떻게 해."

김우영이 질려 버렸다는 표정으로 말했다. 아닌 게 아니라 이따금씩 따뚜가 질러대는 괴성에 사람들이 깜짝깜짝 놀라기를 반복했다.

"아, 좀 으스스한데. 꼭 식인종이 의식 치르는 거 같아."

곁에 있던 스태프가 넌더리를 내며 말하자, 나윤섭 PD가 자리에서 일어났다. 안 그래도 불안해 죽겠는데 자꾸만 공포 분위기를 조성하는 따뚜 탓에 더욱 심란해진 모양이다.

"You! stop!"

어차피 유창하게 말해봐야 제대로 알아듣지도 못할 따뚜

인지라 나윤섭이 짤막하게 말했다. 따뚜는 그런 그의 말은 들은 척도 안하고 여전히 알 수 없는 의식에 열을 올렸다.

"Stop!"

자신의 말을 무시하자 나윤섭이 얼굴을 일그러뜨렸다. 계속해서 이어진 의외의 상황에 조용히 있었으나 그 안하무인의 성격이 어디 가는 것은 아니었다. 하물며 따뚜는 미개한 원주민에 불과했다.

며칠간 쌓이고 쌓인 울분이 이제 막 터져 나오려는데, 이지원이 한마디 했다.

"내버려 두세요. 딱 보니까 무사 귀환 제사라도 지내는 모양인데, 괜히 망쳤다가 부정 타면 어떻게 하시려고요."

심드렁하게 내뱉은 한마디에 나윤섭이 몸을 움찔거리더니 잠시 고민하는 표정을 지었다.

하지만 이내 그녀의 말이 신경 쓰였는지 자리로 돌아가 앉더니 애꿎은 장택근의 욕을 했다.

"저 새끼만 아니었으면, 오늘 베이스캠프에 도착했을 텐데. 고문관 새끼."

아무리 울화가 치밀어도 하지 말아야 할 말이 있었다. 지금 나윤섭은 그 선을 넘어버렸다.

"사람이 아픈데 어떻게 그렇게 말할 수가 있으세요?"

평소에는 감독님, 감독님 하며 사근사근하게 굴었던 윤신애가 눈에 쌍심지를 켜고 말했다.

그 말에 아차 싶었던 나윤섭이었지만 늘 감독으로서의 권위 그 이상을 행사하고 누렸던 그였던지라 사과 대신 목소리를 높였다.

"아니, 지금 쩜밥도 안 되는 신인이 감독한테 눈에 쌍심지를 켜고 달려들어?"

게다가 사람들이 지켜보는 앞에서 무시당하는 건 현지 안내인의 위협 하나로 족했다. 나윤섭이 삿대질을 하며 소리를 질렀다.

"캬! 세상 진짜 말세네. 어디 방송국에서 마주치면 눈도 못마주칠 신인 배우 따위가 감독한테 달려들어! 윤신애 씨, 나나윤섭이야! 나윤섭이라고! 당신 감독이라고!"

안하무인의 태도를 보이는 그 탓에 사람들의 표정이 안 좋아졌지만, 그는 아랑곳하지 않았다.

"왜? 장택근이 새끼가 당신 기둥서방이라도 돼? 엉? 내가 서방 욕하니까 기분 나빠?"

이건 뭐 밑도 끝도 없는 꼬장이라 윤신애가 상대하기를 포기하고 고개를 돌렸다. 하지만 그의 폭언은 이제 시작이었다.

"아까부터 꼭 안고 있는 게 신방이라도 차릴 기센데. 아예 둘만 따로 텐트 하나 내줘?"

결국 가만히 듣고 있던 차동수가 참지 못하고 나서려는데 이지원이 먼저 입을 열었다.

"나 감독님, 지금 성희롱하는 거야?"

갑작스러운 그녀의 참견에 나윤섭이 눈썹을 치켜 올렸지만 이내 상대를 알아보고는 누그러진 표정을 지었다.

"아니, 내가 언제 성희롱을 했다고 그래. 지원 씨도 참… 큰일 날 소리를 하네."

꼬리를 내리며 딴청을 피우는 모습이 방금 전까지 그렇게 윤신애를 몰아붙이는 사람이 맞나 싶을 정도였다.

이런 모습 때문에 방송가에 적도 많은 나윤섭이었지만 제 버릇 개 못 준다고 여전한 성질머리다.

그 모습에 이지원도 상종을 말아야겠다는 생각을 했는지 입을 몇 번이나 열고 닫다가는 이내 꾹 다물어 버렸다.

나윤섭도 이지원의 참견 덕에 더 이상 막무가내로 성질을 부리긴 뭐해졌는지 윤신애에게 짧은 경고를 남기고는 자리로 돌아갔다.

"캬, 저 양반 성격 여전하네."

차동수가 작게 숭얼거리니 김우영이 그 말을 받았다.

"그러게요. 지원 선배님한테는 찍소리도 못 하면서 신애한테만 저러는 거 보세요. 강자한테는 약하고, 약자한테는 강하고… 으… 싫다, 싫어."

말하는 모양새가 평소 자신의 행동 따위는 염두에도 없는 듯했다.

일순 어이가 없어 말이 막힌 차동수가 그를 바라보는데 김우영이 어슬렁거리며 장택근에게 향해 다가갔다.

아니, 엄연하게 말해서 장택근을 보살피고 있는 윤신애에게 다가간 것이다.

"신애야, 기분 너무 상하지 마. 원래 저 자식 성격이 저런 거 유명하잖아. 지원 선배만 아니었다면 내가 나서서 한소리 하는 건데."

어쭙잖게 지껄여대는 어조가 낮기만 한 것이 혹시라도 나윤섭의 귀에 자신의 말이 들릴까 걱정하는 투였다. 윤신애가 차마 싫은 내색도 못하고 고개만 끄덕이는데 그들 사이로 그림자 하나가 끼어들었다.

"따뚜?"

갑작스레 몸을 들이민 그림자의 정체는 따뚜였는데, 아무리 요 며칠 새 친근해졌다 하더라도 영화 속에서 보던 식인종과도 같은 기괴한 모습을 한 그가 꺼려진 모양이다.

윤신애가 겁먹은 표정으로 그를 바라보았다.

"아씨! 깜짝이야! 이 새끼는 또 왜!"

갑작스러운 그의 등장에 꽤나 놀란 모양인지 김우영이 호들갑을 떨었다. 애초에 알아듣지도 못한다고 생각해서인지 욕설을 내뱉는 데 한 점 망설임도 없는 태도다.

"새끼야! 인기척이나 좀 내고 다녀. 누가 아마존 원주민 아니랄까 봐. 하고 있는 꼬락서니하고는."

아직도 놀란 가슴이 진정되지 않았는지 김우영이 폭언을 내뱉는데, 따뚜가 양손을 번쩍 치켜들었다.

들어 올린 손에는 방금 전까지 모닥불을 몇 번이나 후려치던 풀 따위가 모락모락 연기를 내고 있는데, 그 모습이 흡사 누군가를 내려치려는 듯한 자세라 김우영이 찔끔했다.

"아, 미안!"

본인이 한 언사가 있으니 지레 놀란 그가 사과를 내뱉는데 따뚜는 들은 척도 하지 않았다. 놀란 눈으로 자신을 쳐다보는 일행의 시선을 무시한 그가 허공에 풀줄기를 휘저었다.

"흐어흐어."

그의 입가에서 흘러나오는 소리가 방금 전과는 또 다르다. 인간이 내는 소리라고 하기에는 지나치게 낮고 음산한 그의 중얼거림이 저주의 주문이라도 외우는 듯했다.

김우영이 그 기세에 압도당해 몇 걸음이나 뒤로 물러섰다.

윤신애 역시 겁에 질리긴 마찬가지였으나, 품에 안고 있는 장택근을 걱정해서인지 그저 불안한 기색으로 눈동자만 굴렸을 뿐이다.

"허이야, 흐야."

그 기분 나쁜 읊조림이 점점 커져 간다. 허공을 휘저어대던

풀이 점차 더 큰 원을 그리며 연기를 피워 올렸다. 그 가녀린 풀줄기 어디에서 그렇게 많은 연기가 나는 것인지 의아할 정도로 자욱한 연기가 주변을 감싸 안았다.

"따뚜! 그만해! 조감독님이 아프단 말이야!"

겁에 질려 있으면서도 장택근을 지켜내기 위해 필사적으로 외친 윤신애의 음성이 잔뜩 떨리고 있었다.

따뚜의 분위기에 압도되어 그 모습을 그저 지켜보기만 하던 차동수가 뒤늦게 정신을 차리고 그들을 향해 다가섰다.

"멈춰! 사람들이 겁먹잖아!"

거친 음색으로 그렇게 말하며 따뚜를 잡아가는데 갑작스레 허공을 휘젓던 풀줄기에 불이 붙었다. 처음에는 미약한 불씨였던 것이 이내 타오르며 그 불똥을 사방에 튀겨대는데 그 서슬에 놀란 차동수가 엉겁결에 물러나고 말았다.

"꺄악!"

윤신애가 비명을 질렀다. 갑자기 허공에서 불이 붙더니 쏟아져 내리기 시작한 불씨가 그녀의 온몸을 두들겼다.

당장 불이 붙거나 화상을 입지야 않겠지만 그 고통이 여간한 게 아니었던지라 그녀가 계속해서 비명을 질렀다.

그렇게 밀림의 밤을 가로지르는 비명 사이로 따뚜의 음산한 중얼거림이 끼어들었다. 크게 소리치는 것 같지도 않은데 기이할 정도로 사람들의 귓속을 파고드는 그 주문과도 같은 읊조림이 마침내 윤신애의 비명을 압도했다.

사방에 연기가 자욱하다. 사람들이 소란을 떨거나 말거나 따뚜는 경건한 태도로 의식과도 같은 행동을 이어갔다.

마치 마술이라도 부린 것처럼 허공에서 붉게 타오르는 풀줄기가 이내 완전한 원을 그렸다.

한 바퀴, 두 바퀴, 다시 한 바퀴.

몇 바퀴인지 셀 수도 없이 그려내는 원, 붉은 불꽃의 궤적이 고스란히 허공에 남았다. 사람들이 아우성을 치는 와중에도 그 놀라운 광경을 보고는 입을 쩍 벌렸다.

마치 밤하늘에 태양이 떠오른 듯한 모습이었다. 사람들이 그 기이한 광경에 넋을 잃고 있는데 허공을 휘저어대던 불꽃이 일순간 멈췄다.

그러고는 붉은 태양이 그대로 장택근을 덮쳤다.

*　　*　　*

장택근은 가만히 눈을 깜박거렸다. 아직 잠이 덜 깼는지 흐릿한 시야 속에 들어오는 천장이 낮고 비좁았다. 가만히 천장을 보고 있자니 주황색 비닐로 된 천장이 낯이 익었다.

텐트에서 잠이 들었던가?

마치 과음한 다음날 끊어진 기억을 더듬는 듯한 느낌에 한참이나 눈만 끔벅이는데 이질적인 감촉이 느껴졌다. 여기저기 와 닿는 말캉말캉한 감촉이 낯설었지만 묘하게 사람을 두근거리게 하는 마력이 있었다.

저도 모르게 손을 꼬물대며 말캉한 무언가를 쥐락펴락 하니, 곁에서 생소한 소리가 들렸다.

"아……."

난데없는 콧소리 잔뜩 섞인 비음에 고개를 돌린 장택근은 그대로 굳어버렸다.

말려 올라간 상의 탓에 새하얀 배를 그대로 드러낸 여체가 눈에 가득 들어왔다. 놀라서 고개를 돌렸지만 역시 보이는 것은 또 다른 여체였다.

무방비한 모습을 한 여체가 여기저기 방만하게 늘어져 있었다.

놀란 나머지 숨조차 내뱉지 못하고 주변을 살펴보는데, 자신의 손에 쥐어진 누군가의 가슴이 보였다. 무의식중에 주물럭댄 그것은 누군가의 풍만한 가슴이었다.

미처 손을 뗄 생각도 못 하고 멍하니 그 희고 고운 가슴을 바라보고 있는데 따가운 시선이 느껴졌다.

"깼으면 그 손 떼시지?"

부스스한 머리에 반쯤 뜬 눈을 한 이지원이 바싹 마른 음성으로 말했다. 화들짝 놀란 장택근이 황급히 손을 떼며 사과를 하는데 그녀가 다시 심드렁하게 말했다.

"뭘 나한테 사과해, 내 가슴도 아닌데."

그러고 보니 눈에 보이는 것이 온통 여체라 정신을 못 차리고 있었는데 가만히 시선을 돌리니 방금 전까지 그가 만지작거리던 가슴은 그녀의 가슴이 아니었다.

응급치료 전문가인 진재영의 것이었다. 이런저런 것으로 가려져 있던 몸매가 흐트러진 옷매무새 탓에 드러나니 의외로 풍만한 몸매를 가지고 있었다. 이지원이나 윤신애처럼 늘씬하고 쭉쭉 뻗은 느낌은 아니었지만, 약간의 군살 덕에 더욱 섹시하게 보이는 글래머다.

"어? 일어났어요?"

이지원의 눈치를 보면서도 저도 모르는 사이에 그녀의 몸매를 감상하고 말아버린 장택근은 윤신애의 음성에 소스라치게 놀랐다.

고개를 돌리니 윤신애가 잠이 덜 깬 와중에도 반색을 하며 그에게 달려들었다.

"다행이에요! 얼마나 걱정했나 몰라요!"

아무래도 전날 마음고생이 심했던 모양인지 눈물을 흘리며 매달리는 모양새가 꽤나 초췌했다.

"아, 네. 걱정 많이 하셨구나. 고마워요."

그렇게 말하면서도 장택근은 정신이 하나도 없었다. 자다가 막 일어난 탓에 흐트러질 대로 흐트러진 옷매무시를 한 그녀다. 가린 곳보다 드러난 곳이 더 많은 복장의 그녀가 그를 안으니 민망하면서도 기분 좋은 감촉에 정신을 차릴 수가 없었다.

"난 나가볼 테니 둘이서 즐거운 시간 보내라고. 정 뭐하면 진 선생도 깨워서 데리고 나갈까?"

여전히 돌리는 법이 없는 돌직구에 장택근을 부둥켜안았던 윤신애가 화들짝 놀라 이불 속으로 숨어들었다.

"이제 좀 괜찮아지신 거 같아서 다행이에요!"

새빨갛게 달아오른 얼굴만 이불 밖으로 내민 그녀가 그렇게 말하는데 그 모습이 너무도 사랑스럽다.

장택근이 헛기침을 하며 고개를 돌리다가 그대로 굳었다.

윤신애가 이불을 끌어당기는 바람에, 가뜩이나 위태롭던 진재영의 여체가 아찔할 정도로 무방비하게 드러났다. 남자라면 도무지 눈을 뗄 수 없는 광경에 그가 눈을 크게 뜨는데 이지원의 목소리가 다시 들려왔다.

"호강이다, 호강, 그치? 아침부터 여자 가……."

"으아아아아!"

그대로 두었다가는 무슨 말을 할지 몰라 장택근이 화들짝 일어나 그녀의 입을 막았다.

"뭘 또 그런걸, 흐앗차!"

이상한 기합 소리를 내며 그녀의 입을 막는데, 원래대로라면 눈썹을 곤두세웠을 그녀가 어찌 된 영문인지 얼굴을 붉히며 시선을 돌렸다.

뭔가 이상함을 느낀 그가 주변을 둘러보니, 윤신애 역시 민망한 얼굴로 고개를 돌리고 있었다. 아무리 주변을 둘러보아도 별다른 점이 없자 그가 무심코 자신의 상태를 살펴보았다.

상의는 어디에 벗어던졌는지 반쯤 알몸인 것도 모자라 남자라면 피해갈 수 없는 기상 직후의 생리현상이 적나라하게 드러나 있었다. 게다가 아침부터 이런저런 일을 겪는 바람에 평소보다 배는 건강해 보이는 그의 분신이 얇은 천 하나를 사이에 두고 만천하에 공개되었다.

"으악!"

*　　　*　　　*

아침에 이런저런 해프닝이 있었지만, 장택근은 사람들의 환호를 받으며 일행의 얼굴을 다시 볼 수 있었다.

전날까지만 해도 이대로 끝인가 싶더니 오히려 아프기 전보다 더욱 기운이 넘치고 상태가 좋았다. 지나치게 기운이 넘친 나머지 아침에 민망한 꼴을 보였지만 이젠 아무래도 좋았다.

아마존의 덥고 끈적끈적한 공기가 상쾌하게 느껴질 정도
니 오죽하겠는가.

그렇게 정신을 차린 장택근이 일행 하나하나와 반가움을
나누는데 나윤섭 PD가 한마디 했다.

"여자들만 있는 텐트에서 자더니 아주 혈색이 좋으셔."

그 노골적인 비아냥거림에 장택근이 인상을 찡그렸다. 뭐
라고 하려고 입을 오물거리는데 여자들이 한발 빠르게 나서
서 쏘아댔다.

"나 감독, 어제부터 자꾸 성희롱하네?"

"애초에 진 선생님이 상태를 밤새 봐야 한다니까 어쩔 수
없이 같은 텐트에서 재우기로 한 거 아니었나요? 어제는 다
동의하서 놓고 왜 이제 와서……."

"어제 이 사람은 환자였지 남자가 아니었습니다. 자꾸 제
직업의식에 흠집을 내시면 참지 않겠습니다."

이지원을 필두로 윤신애와 진재영이 한마디씩 하는데 그
말투가 상당히 공격적이었다. 안 그래도 비호감이던 사람이
전날의 일로 단단히 미운 털이라도 박힌 모양이었다.

괜스레 한마디 했다가 본전도 못 건진 나윤섭이 와락 얼굴
을 일그러뜨렸다가 표독스러운 표정으로 자신을 노려보는 여
자들의 시선에 입을 다물었다.

윤신애야 모르겠지만 이지원은 그로서도 상대하기 힘든

존재였고, 진재영 역시 방송가 사람이 아니라 외주 인원에 가까웠다.

함부로 하기엔 애매한 상황이라 그가 불편한 얼굴로 거칠게 숨만 몰아쉬는데 차동수가 나서서 어색한 분위기를 일소시켰다.

"그나저나 어떻게 된 게 아프기 전보다 얼굴이 더 좋다?"

그의 말마따나 장택근은 아프기 전보다 오히려 혈색이 좋아졌는데 피부마저 광택이 나는 게 꼭 어디서 피부 관리라도 받고 온 사람 같았다.

스스로도 그 사실을 느끼고 있었던 장택근이 헤실거리며 대답했다.

"그러게요. 어제 하루 종일 자서 피로가 좀 풀린 모양인데요. 사실 첫날은 불안해서 잠도 못 잤거든요. 아마존이라니까 괜히 뭔가 일이 벌어질 것 같아서."

그 말에 사람들이 고개를 끄덕이며 동의를 표했다.

그들이라고 왜 안 그랬겠는가. 밀림에서 갑작스레 맞이한 야숙에 대한 두려움은 누구에게나 있었다. 그 정도가 심한 사람은 뜬눈으로 밤을 새웠다. 물론 오지형처럼 신경이 굵은 이들은 나름 편하게 잠을 자기도 했지만 말이다.

최소한 이 자리에 있던 사람 중에서 첫날 잠을 제대로 잔 이는 없는 것 같았다.

"근데 따뚜는 어디 갔어요?"

사람들과 대화를 나누던 장택근은 일행 중에 따뚜가 보이지 않자 주변을 두리번거렸다. 그런데 그가 따뚜를 언급하자 사람들의 얼굴이 딱딱하게 굳어버렸다.

"아, 잠깐 어딜 갔나 봐. 말이 통해야 어딜 쏘다니는지 알텐데."

어색한 표정으로 얼버무리는 차동수의 태도에 장택근은 고개를 갸웃거렸으나 크게 신경 쓰지 않았다. 처음부터 그렇게 친근했던 것도 아니고, 이제 와서 친한 척을 할 이유는 없었다.

하지만 그렇게 상황을 넘어가자니 자꾸만 사람들의 태도가 눈에 밟혔다. 표정이 하나같이 굳어 있는 것이 이건 친하고 말고를 떠나 따뚜라는 사람 자체를 께름칙해 하는 기색이다. 피부색도 다르고, 말도 통하지 않는 사람이지만 딱히 그렇게까지 사람들에게 미움을 살 만한 짓은 하지 않았던 따뚜였던지라 장택근은 영문을 알 수가 없었다.

막 그에 대해 물으려는데 사람들이 갑자기 호들갑을 떨며 야영지를 정리하느라 소란을 피웠다. 어딘지 모르게 그가 꺼낼 화제를 불편해하는 기색이라 그는 다시 한 번 고개를 갸웃거려야 했다.

그가 그렇게 생각에 잠겨 있는 동안 사람들이 텐트를 걷고 이리저리 바쁘게 움직이며 아침 식사를 준비했다.

"음. 식량은 아직 며칠 더 여유가 있는데, 식수가 거의 다 떨어졌어요."

차동수의 말에 사람들이 무의식중에 장택근과 윤신애에게 시선을 돌렸다. 장택근이야 그들이 자신을 쳐다보는 이유를 모르니 눈만 말똥거리는데 윤신애가 죄를 지은 사람처럼 고개를 숙였다.

"죄송해요."

전날 장택근이 열이 오르자 다급한 마음에 식수를 모아 그의 몸을 닦아주고 물수건을 해준다는 것이 생각보다 많은 양의 식수를 소모한 모양이었다.

"아니야. 사람이 중요하지. 물이야 뭐, 베이스캠프 찾으면 다 해결될 문제 아니겠어?"

김우영이 짐짓 너그러운 표정을 지으며 그녀를 위로했는데 그의 위로에도 여전히 마음이 놓이지 않은 듯 윤신애의 얼굴은 어둡기만 했다.

결국 부족한 식수 탓에 사람들은 세안은 꿈도 꾸시 못하고, 아침마저 건조 식량 따위로 때워야 했다. 그렇게 그들이 아침 식사를 하며 다시 길을 떠날 채비를 하고 있는데 따뚜가 돌아왔다.

어디에 다녀왔는지 일언반구도 없이 나타난 그는 마치 처음부터 그 자리에 있었다는 듯 일행에 합류했다.

검은 피부에 순박한 얼굴을 한 평소의 얼굴, 그 어디에도 전날의 광기 어린 모습은 찾을 수 없었다.

애초에 전날 있었던 일이 워낙에 말도 되지 않았던지라 사람들은 그 일을 집단 환각 정도로 치부했다.

모두가 같은 환각을 보는 것 역시 그다지 말이 되지는 않았지만, 애초에 멀쩡한 풀줄기에 불이 붙고, 그 불꽃이 태양과도 같은 형상을 만들어낸다는 것보다는 신빙성이 있었다.

게다가 모아족은 축제나 의식에서 환각 효과가 있는 풀을 태우기도 한다는 정보를 진즉부터 들어 알고 있었으니, 차라리 그쪽이 더욱 믿기가 쉬웠다.

그렇게 뭔가 불편한 분위기 속에서 일행이 길을 떠날 준비를 하는데 진재영이 슬쩍 다가와 장택근을 불러냈다.

아침의 일이 워낙에 강렬하게 기억에 남았던 터라, 장택근은 그녀를 따라가면서도 자꾸만 그녀의 펑퍼짐한 옷 속에 가려진 풍만한 몸매가 떠올랐다. 게다가 으슥한 곳에 자신을 불러 따로 할 이야기가 있다고 하니 저도 모르게 야릇한 상상이 고개를 쳐들었다.

그가 그렇게 음흉한 생각을 하고 있는지도 모르고 진재영은 심각한 얼굴로 입을 열었다.

"장택근 씨, 다른 게 아니라 사람들 앞에서는 말하기 좀 곤란해서 말이야."

진재영이 조심스럽게 이야기를 꺼내는데 뭔가 미묘한 상상을 불러일으킬 법한 말이었다. 그는 무의식중에 침을 꼴깍 삼키며 그녀를 바라보았다.

무방비한 모습 그 자체였던 아침과는 다르게 커다란 뿔테 안경을 쓰고 머리를 바짝 조여 묶은 그녀의 모습이 꽤나 야무졌다. 그 모습에 아침에 보았던 광경이 겹쳐지자 장택근은 자꾸만 입이 바짝바짝 말랐다.

"아. 말로 하는 것보다는 보여주는 게 낫겠다."

그렇게 말한 그녀가 성큼 다가와 그의 상의를 불쑥 걷어냈다. 화들짝 놀란 장택근이 시뻘게진 얼굴로 말했다.

"안 돼요. 이런 데서……."

그의 말에도 그녀는 거침이 없었다. 어딘지 모르게 능숙한 손길로 그의 허리춤을 쓰다듬는 그녀의 대담함에 그가 차라리 질끈 눈을 감았다.

"뭐해? 눈 떠요."

어느 순간 아무런 삼촉도 들시 않아 이상하다 생각하고 있던 그는 진재영의 무감정한 음성에 눈을 떴다. 그의 상상과는 다르게 단정한 옷매무시를 한 그녀가 그의 옆구리를 가리키고 있다.

"봐봐."

장택근은 혼자만의 망상에 민망해져 이리저리 시선을 둘 곳을 찾았다. 그녀가 딴청을 피우는 그를 다그쳤다.

"당신 옆구리 말이야. 그래, 상처가 있던 곳."

　참다못한 그녀가 직접 그의 얼굴을 잡고 시선을 돌려주니, 어느 사이엔가 붕대가 풀려 버린 자신의 옆구리가 보였다.

"옆구리가 왜……."

　영문을 몰라 이유를 물어보려던 장택근이 그대로 굳어버렸다.

"당신 상처, 하루 만에 사라져 버렸어."

7장

혼란

놀랍게도 선혈 따위로 낭자했던 옆구리가 긁힌 자국 하나 없이 멀쩡했다. 마치 처음부터 상처 따위는 입은 적이 없는 것처럼 매끈한 피부에 장택근은 입을 쩍 벌렸다.

　"어제 상처는 절대 하루 만에 나을 상처가 아니었다고. 손끝만 살짝 베여도 그 상처가 며칠을 가는데 나뭇가시에 관통되다시피 했던 상처가 하루 만에 사라져? 말도 안 되는 얘기지."

　안경 너머로 눈을 번뜩이며 말하는 진재영의 태도에 그는 아무런 대답도 하지 못했다. 스스로조차 이 믿기지 않는 상황을 받아들이지 못하는 마당에 무슨 대답을 한단 말인가.

"어떻게 된 거죠?"

간신히 꺼낸 말이라는 게 얼빠진 사람의 그것처럼 얼떨떨했다.

"그걸 내가 알면 지금 이러고 있겠어? 당장 약부터 만들어서 백만장자가 됐겠지."

취조하는 듯한 눈빛을 거둔 그녀가 심드렁하게 대답했다.

장택근은 그녀의 이죽거림에도 아랑곳하지 않고 자신의 상처를 더듬었다.

정말 없었다. 깨끗하기만 한 피부가 걸리는 것 하나 없이 매끈했다.

"택근 씨야 본인 몸이니 알아두라고 말한 건데 다른 사람이 알아서 좋을 건 없을 것 같아."

그녀가 다시 붕대를 감아주며 당부했다. 딱히 뭐라 대답할 말도 없었던 그였던지라 그는 얼빠진 표정으로 고개만 끄덕여주었다.

"그리고 이 사실을 아는 사람은 나랑 지원이, 그리고 신애뿐이야. 남자들은 모르니 그렇게 알아두고 실수하지 마. 당분간은 이 붕대 풀 생각 하지 말고."

전날 보았던 불가사의한 따뚜의 의식 덕이었을까.

왜인지 모르게 이런 말도 안 되는 상황을 납득해 버린 여자들이 뭔가 작당을 한 모양이었다.

장택근 입장에서야 오히려 먼저 나서서 비밀을 지켜줄 것을 부탁하고 싶을 판인데 그녀가 그리 선뜻 먼저 말해주니 고마울 따름이었다.

이제 와서 괴물 취급을 받을 수는 없었다. 그의 몸에 일어난 이변을 사람들이 알았다가는 가뜩이나 위태롭게 유지되는 가식적인 평화가 단번에 깨져 버릴 수가 있었다.

그렇게 의문을 풀기는커녕 더욱 커져 버린 상황이지만 일행을 마냥 기다리게 할 수도 없어 장택근과 진재영이 밀림의 그늘을 벗어났다.

"흥. 아주 여자들이랑 붙어서 사는구만."

나윤섭 PD가 그 꼴을 보고는 한마디 하는데 뭐가 그렇게 마음에 들지 않는지 장택근만 보면 시비를 건다. 배알이 뒤틀리는 상황이었지만 익숙한 대우이기도 하다. 게다가 자신의 몸에 일어난 불가사의한 사태에 머리가 복잡한 장택근은 아무런 대꾸조차 하지 않았다.

나윤섭 역시 사람들의 시선에 더는 비아냥거리지 않고 사람들을 따라 떠날 준비를 서둘렀다.

따뚜가 앞장을 섰다. 그리고 그 뒤를 장택근을 비롯한 여자들이 따랐다. 남은 일행은 그들과 조금은 애매한 거리를 유지하며 뒤를 따랐다.

아마도 전날 보았던 따뚜의 기이한 행동 탓에 곁으로 다가

서기가 껄끄러운 기색이었다.

"아, 괜찮아요."

부축을 하듯 그의 겨드랑이에 파고드는 윤신애에게 자신이 멀쩡함을 어필하니, 곁에 있던 진재영이 그에게 핀잔을 줬다.

"택근 씨, 그새 잊어버렸어? 어제는 그렇게 아팠던 사람이 오늘 멀쩡하다는 게 말이 돼? 안 아파도 아픈 시늉이라도 해요."

듣고 보니 또 그게 틀린 말은 아니어서 장택근이 끄응 하는 신음 소리를 내뱉고는 윤신애의 부축을 받아들였다.

큼, 큼.

윤신애의 부축을 받은 장택근은 코를 벌름거렸다.

아마존의 짙은 풀내음과는 다른 향긋한 무언가가 코끝을 간지럽혔다. 저도 모르게 향기를 쫓다 보니 윤신애의 머릿결에 코를 들이댔다.

"조감독님?"

윤신애가 새빨갛게 달아오른 얼굴로 부르니 장택근은 뒤늦게 자신의 행태를 깨닫고는 헛기침을 했다.

'거참, 씻지도 못했을 텐데 뭐 이리 좋은 냄새가 나.'

내심 그렇게 중얼거리며 걸음을 옮기는데 상처가 있을 때는 미처 느끼지 못했던 미묘한 설렘이 느껴졌다.

아픈 척을 하느라 어정쩡하게 허리를 굽히긴 했지만, 윤신애 자체가 그리 큰 키가 아니다 보니, 이건 뭐 연인들이 다정하게 데이트라도 즐기는 듯한 모양새다.

품에 쏙 들어와 이따금씩 그에게 시선을 맞추며 배시시 웃어 보이는 그녀의 모습이 자못 사랑스럽다.

"그러다 넘어질라."

이지원이 지나가는 말투로 한마디 하자 영문을 모르는 윤신애가 눈을 껌벅이며 그를 바라보다 다시 미소를 지었다. 그 해맑은 미소에 괜스레 무안해진 그가 다시 헛기침을 내뱉고는 전방을 주시했다.

그리고 그런 그들을 나윤섭을 비롯한 남자 스태프들이 뒤따랐다.

*   *   *

무언가 이상했다.

아무리 방향을 잘못 잡았다 치더라도 이쯤 되면 베이스캠프는 몰라도 최소한 아마존의 강줄기는 보였어야 했다.

하지만 아무리 걷고, 또 걸어도 강줄기는커녕 조그만 물웅덩이 하나 보이지 않았다.

길잡이를 하던 따뚜 역시 무언가 이상함을 느꼈는지 자꾸만 걸음을 멈추고는 주변을 살펴보았다. 몇 번이나 그렇게 방향을 가늠하는 그를 보며 일행은 불길함을 느꼈다.

지금까지야 따뚜도 있고, 애초에 베이스캠프에서 그렇게 먼 거리를 왔던 것도 아니니 길을 찾을 수 있을 거라는 희망이 있었다.

그랬던 것이 예상과는 다르게 완벽하게 조난이라도 당한 것처럼 상황이 뒤바뀌어 버렸다.

믿었던 길잡이는 방향을 가늠하지 못하고 애를 먹고 있었고, 기다리고 기다리던 아마존의 강줄기와 베이스캠프는 코빼기도 보이지 않았다.

걸음을 옮기는 사람들의 낯빛이 점차 어두워졌다.

다들 먼저 말하지 않았을 뿐 상황이 좋지 않게 돌아가고 있다는 사실쯤은 느끼는 기색이었다.

"음, 잠깐 쉬었다 가자. 너무 오래 걸었어."

긴장과 불안감이 극도로 압박하자 사람들은 체력 안배 따위는 신경도 쓰지 못한 채 계속해서 걸었다. 그나마 평정심을 유지하고 있던 차동수가 사람들을 살펴보고는 잠시 쉬어갈 것을 제안했다.

따뚜가 차동수의 손짓 발짓에 또다시 쉴 만한 장소를 물색했다. 어제 야영했던 곳보다는 비좁지만 잠시 쉬어 가는 데 무리는 없을 정도의 공터가 나타났다. 공터를 발견한 일행은 저마다 바닥에 주저앉았다.

어제와는 다르게 피곤하다며 죽는 소리를 하는 사람도 없었고, 또 서로 간에 대화를 나누는 소리조차 없었다. 다들 무언가 넋이 나간 사람처럼 허공을 바라보고만 있었다.

아무렇게나 자리를 잡은 사람들 사이로 무거운 침묵이 내려앉았다.

그런 그들 사이에서 차동수가 몸을 일으켰다.

"앞으로 어떻게 해야 할지, 이야기를 해봐야겠는데요."

이제껏 쉬쉬하며 피해왔던 문제다. 막연하게 곧 돌아갈 수 있겠지 하고 그 누구도 꺼내지 않았던 말을 꺼낸 차동수에게 사람들의 시선이 모아졌다.

마치 찬물이라도 끼얹은 것처럼 싸늘한 분위기가 사람들을 압박했다.

"정말 믿고 싶지 않지만 우리 아무래도 길을 잃은 모양입니다."

마침내 어느 누구도 듣고 싶지 않았고, 또 어느 누구도 꺼내고 싶지 않았던 진실이 수면 위로 급부상했다.

"말도 안 되는 소리 하지 마. 우리가 베이스캠프에서 뭐 얼마나 왔다고."

나윤섭이 당장 반박을 했다. 그는 아직까지 자신들이 처한 현실을 믿고 싶지 않은 기색이다. 차동수가 한숨을 내쉬며 다시 한 번 잔인한 진실을 꺼내 들었다.

"다들 군대에서 행군해 보셨으니 알 겁니다. 우리가 이동한 시간과 방향을 가늠하면 최소한 오늘은 베이스캠프나 강줄기를 발견했어야 합니다."

반박조차 할 수 없도록 요목조목 근거를 드는 그의 말에 나윤섭이 그대로 입을 다물었다.

"저 새끼가 방향을 잘못 잡은 거 아니야? 다들 봤잖아! 지도 애매한지 자꾸 멈춰 서는 거!"

이번에는 김우영이 나서서 따뚜에게 책임을 전가했다. 그 말에 사람들이 분분히 동의를 표하며 아우성을 쳤다.

"맞아! 애초에 남쪽으로 갔어야 했는데 방향을 잘못 잡았을 수도 있다고!"

가능성이 없는 말은 아니었으나, 지금 사람들은 가능성 여부를 떠나 단순히 누군가에게 책임을 떠넘기고 싶은 기색이었다.

차동수가 차분하게 아마존의 원주민이 아마존에서 그것도 자기 부족의 영역에서 길을 잃는다는 게 얼마나 우스운 이야기인지를 설명했지만 사람들은 막무가내였다.

마침내 그렇게도 우려했던 집단 히스테리가 나타날 조짐이 보였다.

"지금 그게 중요한 게 아니라 어떻게 돌아가느냐가 중요합니다. 잘잘못 지금 따져 봐야 뭐합니까! 살아서 못 돌아가면 그게 다 무슨 소용인데요!"

마침내 참다못한 차동수가 버럭 소리를 질렀다.

중구난방으로 마구 떠들어대며 소란을 피우던 사람들이 일순간 입을 다물었다. 차동수의 고함에 위축됐다기보다는 그가 꺼낸 단어 하나에 겁을 집어먹은 탓이다.

'살아서 못 돌아가면.'

그 누구도 이야기하지 않았던 가능성이 현실 속에서 존재감을 드러냈다.

재규어가 다시 나타나면 어떻게 하지?

아나콘다가 또 습격하면 어떻게 하지?

아마존에 사는 수많은 독충, 그중 하나가 달려든다면 어떻게 하지?

이대로 식량과 식수가 떨어지면 어떻게 하지?

모두가 가슴 깊은 곳에 숨기고 쳐다보지 않았던 수많은 가정과 두려움이 현실이 되어 그들을 사정없이 짓눌렀다.

하얗게 질려 버린 사람들의 얼굴을 보며 차동수는 자신이 실수했음을 깨달았지만 상황은 이미 돌이킬 수 없었다.

이렇게 된 이상 차라리 정신없이 몰아붙여서 시키는 대로 움직이게 만드는 것이 나으리라.

그렇게 생각한 차동수가 계속해서 설명을 이어갔다.

"당장 식량도 넉넉지 않고, 식수도 이제 거의 다 떨어져 갑니다. 길을 찾지 못하면 저희는 이대로 끝입니다."

자꾸만 외면하고 싶은 진실을 꺼내어 드는 그를 원망 어린 시선으로 바라보는 사람도 있었지만 대부분의 사람은 그저 두려움에 몸을 떨었을 뿐이다.

"그러니 제 지시에 따라주십시오. 아는 사람은 아시겠지만 저 특전사 출신입니다. 이런 정도의 위기는 수도 없이 겪어봤습니다. 그러니까 저를 믿고 따라주시면 아무 일도 없을 겁니다."

마치 학생들의 반장 선거에나 나올 법한 유치한 멘트를 내던진 차동수는 그 와중에도 실소가 흘러나왔다. 이래서야 반장으로 뽑아달라고 외치는 격이 아닌가.

하지만 겁에 질려 있던 사람들에게는 그것이 자신감으로 보였던 모양이다. 사람들이 저마다 고개를 끄덕이며 그에게 시선을 맞췄다.

"그럼 가장 먼저 식수와 식량을 확인해 보겠습니다."

방금 했던 말이 그냥 하는 말이 아니었던 모양인지 차동수가 꽤나 능숙하게 상황을 정리하기 시작했다.

먼저 일행의 협조를 얻어 각자 지닌 식량과 식수를 확인했는데 생각보다 상황이 심각했다.

며칠 정도 버틸 만한 식량은 있었지만 당장 식수가 부족했다. 대충 4일 정도는 버틸 수 있는 양의 식량에 비해 식수는 오늘 하루를 버티기에도 턱없이 부족했다.

"음. 식수를 어떻게 구하지 않으면 큰일이겠군요."

차동수의 중얼거림에 사람들이 약속이나 한 것처럼 시선을 돌려 윤신애와 장택근을 쏘아봤다. 전날 그의 열을 내리기 위해 윤신애가 필요 이상으로 식수를 남용한 것이 뒤늦게 떠오른 모양이다.

그 시선에 담긴 원망이 어찌나 날카롭던지 윤신애가 하얗게 질렸다.

"나… 난 그저… 조감독님을 살리려고……."

변명처럼 꺼낸 그녀의 말에 대충 상황을 눈치챈 장택근이 차라리 질끈 눈을 감았다. 하필이면 이런 상황에서 식수를 낭비하는 실수를 하다니.

이렇게 조난될 것을 알았다면 장택근이 아무리 고열에 시달렸어도 말렸을 사람들이다. 하지만 당시에는 워낙 상황이 급박하기도 했고, 그때까지만 해도 각자 제 몸의 안위에 대한 걱정은 의식적으로 하지 않던 와중이라 이런 사달이 나버렸다.

"사, 사, 시나산 일에 대해 살살못을 따지자는 게 아니라 앞으로의 일이 중요하다고 얘기했지 않습니까. 다들 괜한 사람 원망하지 말고 앞으로의 일이나 생각해 봅시다."

차동수가 수습을 했지만 사람들은 쉬이 원망의 눈초리를 거두지 않았다.

결국 서러웠는지 겁을 먹었는지 윤신애가 울음을 터뜨렸다.

"지금 뭐 하는 거예요! 당신들이 똑같은 상황이 되도 물 아깝다고 죽도록 내버려 둘까요?"

보다 못한 진재영이 나서며 사납게 외쳤다. 조금은 과장된 말이지만 지금 상황에서 필요한 것이 꼭 진실만은 아니었던지라, 그녀는 뻔뻔하게 나가기로 작정했다.

"앞으로 누군가 다쳐도 모른 척할게요. 이거야 원, 나중엔 약을 다 썼다고 멱살이라도 잡겠네."

그녀의 말에 그제야 그녀의 존재가 이런 밀림에서 얼마나 중요한지를 깨달은 일행이 눈빛을 누그러뜨렸다. 병원도 없는 아마존의 오지에서 다치거나 아프면 믿을 건 진재영밖에 없었다.

슬슬 일행의 분위기가 바뀌어간다.

사회에서부터 이어져 왔던 위치와 관계가 무너질 징조가 보이고, 그 자리에 필요와 불필요라는 원시적이고 노골적인 사회가 고개를 쳐들었다.

조난 3일째.

장택근을 비롯한 사람들은 비로소 자신들이 처한 상황을 이해하기 시작했다.

*　　　*　　　*

어쩌다가 이렇게 됐을까.

장택근은 가슴 깊은 곳에서부터 우러나오는 한숨을 그대로 내뱉었다.

차동수가 일행을 이끌기 시작한 날로부터 벌써 이틀이 지났다. 그간 소소한 위험이 있었지만 차동수는 자신의 호언장담만큼이나 일행을 능숙하게 이끌었다.

부족한 식수는 땅을 넓게 파 그 위에 비닐을 깔고, 다시 그 위에 커다란 돌덩이를 두는 방식으로 얻을 수 있었다. 겉과 속의 나뭇잎들이 광합성을 하며 만들어내는 수증기를 모아 소량의 물을 얻는 방법이다.

물론 그런 방법으로 아홉 명이나 되는 일행이 마시기에 충분한 양을 얻을 수는 없었지만 급한 대로 갈증에 시달리는 일만큼은 면할 수 있었다.

하지만 물질적 풍요로움에 익숙해진 현대인들이 언제 그렇게 고생을 해보았겠는가. 간신히 탈수 증상만 막을 정도로 공급되는 식수 탓에 사람들의 신경이 극도로 예민해져 있었다.

전날 있었던 재규어와 아나콘다의 습격이 무색하게도 벌써 이틀째 잠잠한 아마존이었다. 당연하게도 안전에 대한 불안감이 희석되자 사람들은 자연스럽게 먹을 것과 마실 것에 가장 민감하게 반응하기 시작했다.

그리고 그런 강박증으로 오는 스트레스가 하필이면 윤신애에게 쏟아졌다. 방금 전까지만 해도 무더운 날씨에 극도로 짜증이 난 스태프 중 한 사람이 들으란 듯이 폭언을 쏟고 갔다.

욕설만 안 했다 뿐이지 차마 듣고 있기에 민망한 모욕에 결국 윤신애는 울음을 터뜨리고 말았다. 뒤늦게 소란을 눈치챈 다른 일행 덕에 사태가 더욱 커지는 것은 막을 수 있었으나, 차동수를 중심으로 뭉친 남자 스태프들의 표정이 심상치 않았다.

윤신애에게 폭언을 내뱉은 스태프를 나무란다기보다는 공감하는 듯한 기색이 역력해서, 섣부르게 항의도 할 수 없었다.

평소대로라면 이지원의 참견으로 상황이 원만하게 마무리되었을 테지만 그녀의 영향력도 딱 어제까지였다. 어느 순간부터인가 남자 스태프들이 이지원을 어려워하지 않게 되었다.

사회에서의 위치만 따져도 그녀를 무시한다는 것은 말이 되지 않았지만 그들이 있는 곳은 아마존의 밀림 속이었다. 그녀를 지지하는 팬들은 저 멀리 대한민국에 있었고, 그녀가 영향력을 발휘할 수 있는 각종 매체는 이곳에 존재하지 않았다.

자연스럽게 험한 정글 속에서 살아남는 데 도움이 되는 이와, 그렇지 않은 이로 나누어진 조직 속에서 그녀는 후자에 속한 경우였다.

다행스럽게도 아직까지 그녀를 막 대한다거나 하는 경우는 없었지만 전과 다르게 그리 어려워하지 않는 남자들의 태도를 보면 이 상태가 지속될 경우 그녀 역시 윤신애와 다르지 않은 취급을 받게 될 것은 자명했다.

그 사실을 본능적으로 깨달은 탓인지, 이지원도 전처럼 남자 스태프들에게 고압적인 태도를 취하지 못했다. 그 덕에 윤신애는 든든한 방패 막을 하나 잃고 말았지만, 지금과도 같은 원시적인 관계 속에서는 이지원이나 윤신애나 마찬가지로 약자일 뿐이었다.

"음, 점점 심해지네요. 뭔가 식수를 풍족하게 얻을 방법을 찾지 못하면 큰일 나겠어요."

장택근의 말투에 미안함이 가득 담겨 있었다. 의식을 잃고 있었다지만 고열로 시달리는 자신을 구하기 위해 남용한 식수다. 모르는 일이라고 잡아떼고 방관할 정도로 그는 코너에 몰리지 않았다.

"음… 뭔가 방법이 있을 거예요."

진재영이 한숨을 내쉬며 그의 말을 받았다.

그나마 응급치료 전문의라는 직함 덕에 그녀는 요즘 위상이 꽤나 올라간 상태였다. 아무래도 이런 오지에서 다치거나 아프면 믿고 의지할 만한 사람이 그녀밖에 없다는 사실에 남자 스태프들도 그녀에게만큼은 함부로 대하지 못했다.

장택근은 어두운 얼굴로 일행을 둘러보며 어떻게든 방법을 찾아야겠다고 결심했다. 식수를 남용한 그녀에 대한 원망이 이제는 집단 히스테리의 분출구가 되어가고 있었다. 그대로 두었다가는 진재영은 몰라도 이지원마저도 휘말려들 판이었다.

방금 전까지만 해도 눈물을 흘렸던 탓에 퀭한 얼굴을 한 윤신애와 그런 그녀를 걱정스럽게 바라보는 이지원을 바라보던 그가 몸을 일으켰다.

자리에서 일어나자 공터의 중앙에서 자신들끼리 무언가를 쑥덕거리는 남자들이 보였다.

"동수 형님, 잠깐 이야기 좀 할까요?"

사람들에게 둘러싸여 무언가를 생각하고 있던 차동수가 장택근의 부름에 고개를 들었다.

하지만 그는 바로 일어나지는 않고 그 자리에서 턱짓을 하며 용건을 말하라는 무언의 제스처를 취했다.

장택근은 그 모습에 이를 악물었다. 어떻게 보면 그 덕에 지금까지 아무 탈 없이 일행이 살아남을 수 있었던 것일지도 모르지만 그가 일행의 분열을 부추겼다는 것도 사실이었다.

지금도 그를 둘러싼 남자들이 자신을 적대감 어린 시선으로 바라보고 있었다.

"쓸개도 없는 새끼, 여자들한테 붙어서……."

제 딴에는 작게 중얼거린다고 지껄인 말이었지만 장택근은 고스란히 그 말을 들을 수 있었다. 차동수 역시 그 말을 들었을 텐데 딱히 말리거나 나무라는 기색이 전혀 없었다.

"여기서 말하기에는 좀 그렇고… 잠깐 저쪽에서 이야기할 수 있을까요?"

장택근은 자꾸만 일그러지려는 얼굴근육을 억지로 펴며 다시 한 번 말했다. 그제야 무거운 엉덩이를 들며 거만한 걸음걸이로 일행에게서 떨어져 나오는 차동수다.

"뭔데?"

일행과 조금 떨어졌다 싶자, 바로 귀찮다는 기색을 보이는 차동수의 태도를 모른 척한 장택근은 그간의 사정을 말했다.

남자들의 윤신애에 대한 따돌림이 점점 심해지고 있으니 어떻게 해야 하지 않겠냐는 말에 차동수가 잠시 인상을 찡그렸다.

"소금 심하다고 생각하긴 했는데 애초에 신애도 잘못한 게 있으니까."

역시나 남자들과 의견을 같이하는 그의 대답에 장택근은 현기증이 날 지경이었다.

"그래도 이대로 가다가는 무슨 일이 생길까 걱정이라고요.

혹시 무슨 일이라도 생겼다가 나중에 서울로 돌아가면 이게 문제가 되지 않겠어요?'

은연중에 혹시라도 돌아가게 되면 지금 한 행동을 전부 책임질 수 있겠냐는 협박이었다. 그의 말을 알아들었는지 차동수가 사나운 표정을 지어 보였다.

"다른 사람은 몰라도 지원 씨 성격 알잖아요. 본인한테는 몰라도 자기 사람한테 함부로 대하는 건 꼭 나중에 복수한다면서요."

이지원 본인이야 원체 위상이 높아 실수하는 사람이 드물기도 했고, 또 대범한 성격 탓에 딱히 사람들과 원한 관계를 만들지 않았다.

하지만 자신의 직속 후배나 지인이 불이익을 당할 경우에는 몇 배로 갚아주는 독기도 있는 탓에 그녀의 지인에게 함부로 대하는 사람은 없었다.

이지원까지 들먹이자 그제야 뒷일이 슬슬 걱정되기 시작했는지 차동수가 표정을 달리했다.

"알았어. 내가 주의는 주도록 할게. 앞으로 그런 일은 없겠지만 이렇게 식수가 부족한 상태가 계속되면 또 어떻게 될지 몰라."

그가 다소 누그러진 태도를 보이자 장택근은 내심 안도의 한숨을 내쉬었다.

천만다행으로 아직까지는 사람들이 이성을 잃지 않았다. 특수한 상황 탓에 다소 과격해지긴 했지만 아직까지 문명인으로서의 모든 것을 잊은 것은 아닌 모양이었다.

당장 조난 상태가 계속된다면 어떻게 될지 모르지만 지금은 이 정도로 만족하기로 했다.

"동수 형님이 어떻게든 사람들을 달래보겠대요."

이지원을 비롯한 여자들 곁으로 돌아온 장택근이 한숨 돌렸다는 식으로 이야기를 하자 이지원이 빈정거렸다.

"저 새끼 그동안 사람 좋은 척하더니. 순 가식이야. 가만 보면 저 새끼가 제일 악질인 거 다들 알지?"

이미 모든 상황을 알고 있었으면서도 남자들의 행동을 묵인한 차동수가 마음에 들지 않는지 이지원이 불만을 표했다.

"동수 형님도 힘드실 거예요. 사실 여기가 군대도 아니고, 사람들이 동수 형님 말이라고 다 따르는 건 아니잖아요."

이지원과 내심 같은 생각을 하면서도 장택근은 일행을 달랬다.

제 한 몸 건사하여 서울로 돌아가려던 그의 지휘를 따라야겠다고 생각한 것인지 이미 남자 스태프들은 나윤섭 PD보다 차동수를 더욱 의지하고 따르고 있었다.

그 사실을 이지원도 알고, 장택근 본인도 알았지만 지금 이 자리에서 괜한 분란을 만들고 싶지 않아 마음에도 없는 소리로 그녀를 달랬다.

저 멀리서 차동수가 남자들을 모아놓고 뭐라고 말하는 것이 보였다. 중간중간 남자들이 이쪽을 바라보며 눈치를 보는 것이 장택근이 한 말을 잘 전한 모양이었다.

그 모습에 다시 한 번 한숨을 내쉰 장택근은 생각했다.

그녀들과 비밀을 공유하지 않았다면, 또 윤신애가 식수를 남용한 이유가 본인의 병 수발 때문이 아니었다면 자신 역시 저곳에 속해 그녀들을 저런 눈초리로 쳐다보지 않았을까.

상상만 해도 좋지 않은 광경이라 그는 그만 진저리를 쳤다.

"그래도 물은 찾아야 돼요. 아무리 말을 했다지만 이 상태가 계속 유지되면 언제 그 스트레스가 다시 폭발할지 모르니까요."

아닌 게 아니라 저쪽은 남자만 다섯이다. 이쪽은 장택근을 제외한 일행 전체가 여자다. 만약 무슨 일이 생긴다면 그 혼자서 여자들을 보호한다는 것은 불가능할 것이다.

생각에 잠겨 있던 장택근은 진재영의 음성에 고개를 들었다.

"따뚜다."

날이 밝자마자 어디론가 사라졌던 따뚜가 돌아왔는데 그가 어깨에 무언가를 잔뜩 짊어지고 있었다. 꽤나 무거운지 끙끙대며 어깨에 멘 짐을 들고 온 따뚜가 장택근의 앞에 멈춰 섰다.

"사냥한 거야?"

놀랍게도 따뚜가 어깨에 짊어지고 있는 물체는 백 근은 넘어 보이는 멧돼지였다. 장택근을 비롯한 여자들이 감탄을 하며 호들갑을 떨자 따뚜의 얼굴에 뿌듯한 기색이 퍼져 나갔다.

"Good!"

어차피 영어가 짧은 건 따뚜나 일행이나 마찬가지였던 탓에 굿이라는 말만 서로 반복하는데 그 모습이 꽤나 우스꽝스러워 서로를 바라보며 웃음을 터뜨렸다.

"우와, 이빨 좀 봐요!"

시무룩해 있던 윤신애가 난생처음 보는 멧돼지를 보고는 신이 나서 소리쳤다. 그녀가 가리킨 곳에는 한 뼘도 훨씬 넘는 길이의 어금니가 있었는데 완만하게 휘어 오른 그 끝이 날카로운 것이 자못 위협적이었다.

"이걸 혼자 잡은 거야?"

척 보기에도 백 근은 넘어 보이는 멧돼지를 바싹 마른 따뚜가 혼자 사냥을 했다니 모두가 신기해 했다.

"그러고 보니 이거 엄청 무거워 보이는데 이걸 혼자 들고 온 거야? 따뚜! 힘 장난 아니네!"

진재영이 과장된 몸짓으로 알통을 만들어 보이며 따뚜를 바라보니 따뚜가 콧구멍을 벌름거리며 우쭐대는 표정을 지어 보였다.

그렇게 장택근과 일행이 따뚜를 둘러싸고 소란을 피우는데 그 사이로 반갑지 않은 음성이 끼어들었다.

"이야! 멧돼지잖아! 이거 포식하겠는데?"

따뚜가 바닥에 내려놓은 멧돼지를 본 나윤섭 PD가 그렇게 소리치니 저 뒤편에서 상황을 지켜보고 있던 남자들이 우르르 몰려왔다.

"우와! 덩치 좀 봐! 이놈 하나면 며칠은 포식하겠다!"

"멧돼지 쓸개가 그렇게 정력에 좋다는데 오늘 제대로 맛보겠구만!"

멧돼지를 보며 호들갑을 떠는 남자들 탓에 정작 장택근을 비롯한 여자들이 밀려 뒤편으로 물러나야 했다.

"안 그래도 먹을 게 간당간당했는데 이거 운이 좋네요."

차동수가 말하는 꼬락서니가 흡사 자신들이 사냥이라도 한 것 같았다. 그 모습이 어찌나 고까운지 장택근이 작게 중얼거렸다.

"지들은 신애 씨가 물 썼다고 아직까지도 지랄들이면서 따뚜가 사냥한 걸 꼭 지들이 잡은 것처럼 말하네."

괜한 분란을 만들기 싫어 소리를 낮췄지만 워낙 사람들의 거리가 가까웠던 탓에 들을 사람은 다 들었다.

"뭐, 인마? 그럼 이게 따뚜가 잡았지. 네가 잡았냐?"

그동안 잠잠하다 했더니 나윤섭이 다시 그 더러운 성질머리를 드러냈다. 그동안 저도 모르게 여자들의 편에 편입되어 남자들로부터 알게 모르게 무시를 당했던 탓에 스트레스가 쌓였던 장택근이 얼굴을 일그러뜨렸다.

"제가 잡은 것도 아니지만 그쪽이 잡은 것도 아니죠."

"뭐? 그쪽? 이 새끼가 돌았나!"

나윤섭이 평소 버릇대로 손을 치켜 올리는데 시꺼먼 손이 중간에서 끼어들었다.

"넌 또 뭐야. 이 원주민 새끼야."

늘 순박한 표정을 짓고 있던 따뚜가 무표정한 얼굴로 나윤섭을 비롯한 남자들을 바라보고 있었는데 그 시선이 더없이 서늘했다.

게다가 어디서 꺼내 들었는지 나무로 된 단창을 앞으로 쭉 내미는 모습이 절대 장난 같아 보이지는 않았다.

* * *

"뭐… 뭐! 어쩌자고!"

항상 순박한 표정을 하고 다니느라 아무도 느끼지 못했었는데 따뚜의 얼굴에서 표정이 사라지자 그 모습이 그렇게 섬뜩했다.

게다가 슬쩍 앞으로 내민 나무창은 별다른 위협을 하지 않아도 그 뾰족한 끝만으로도 사람들을 물러서게 만들었다.

사람들이 호들갑을 떠느라, 당장에라도 멧돼지로 고기 파티라도 벌일 듯 달아올랐던 분위기가 단번에 싸늘하게 가라앉았다.

"아, 알았어."

뭐가 알았다는 건지 되는 대로 지껄인 나윤섭이 겁을 집어먹고는 연신 뒷걸음쳤다. 그렇게 남자들이 따뚜로부터 몇 걸음씩 물러나자 따뚜가 바닥에 내려놓았던 멧돼지를 다시 들쳐 멨다.

혼자 들기에 버거울 법한 멧돼지를 아무렇지도 않게 어깨에 이는 따두의 몸이 마치 전날 보았던 검은 재규어와도 같았다.

그 모습이 또 위협적으로 보여 나윤섭을 비롯한 담이 작은 다른 남자가 몇 걸음 물러났다.

이제까지 멧돼지에게만 신경 쓰느라 몰랐던 따뚜의 또 다른 면모다. 거기에 더해 멧돼지의 목덜미에 남은 커다란 구멍이 사람들의 눈에 기이할 정도로 크게 보였다.

이제는 말라 버린 검붉은 핏자국이 엉겨 붙은 그 목덜미를 보자니 괜스레 오한이 돋는다. 의식하지 못하는 사이에 사람들이 자신의 목덜미를 쓰다듬으며 몸을 떨었다.

남자들이 물러나자 따뚜가 고개를 돌렸다. 방금 전까지 남자들을 바라보던 무표정한 얼굴에 거짓말처럼 순박한 웃음이 떠올랐다. 멧돼지와 자신을 가리키며 자신과 멧돼지를 가리키는 모습이 마치 칭찬해 달라는 듯한 모습이라 장택근이 저도 모르게 그에게 엄지를 추켜세웠다.

그가 제대로 알아들었던 건지, 그가 엄지를 세워 올리자 따뚜가 다시 천진난만한 미소를 지으며 다리를 동동 굴렀다. 칭찬을 받아 기분이 좋은 모양이었다.

기분이 한껏 좋아진 따뚜가 더듬거리며 또다시 난해하기만 한 '따뚜식 영어'를 나열하기 시작했다. 도대체 알아들을 수가 없는 그 생소한 단어의 나열을 가만히 듣고만 있던 장택근과 일행은 한참 만에야 그의 뜻을 알아들을 수가 있었다.

아무래도 자신이 잡은 사냥감을 선물해 주겠다는 것 같았다. 생각지도 못한 따뚜의 호의에 장택근이 자신과 멧돼지를 번갈아 가리키자 따뚜가 멧돼지를 건네는 시늉을 하며 좋다고 키득거렸다.

난생처음 보는 거대한 짐승의 사체, 그것도 검붉은 핏자국이 엉겨 붙은 흉측한 멧돼지의 사체가 불쑥 내밀어지자 장택근이 저도 모르게 뒷걸음쳤다. 그 모습이 또 재미있는지 따뚜가 깔깔거리며 웃음을 터뜨렸다.

"우리한테 준다는 거 같은데요?"

장택근이 난감하다는 표정으로 다른 이들에게 말했다. 아닌 게 아니라 그 노골적인 보디랭귀지에 사람들이 고개를 절레절레 저었다.

장택근과 여자들이 갈피를 못 잡고 서로 눈짓만 교환하는 사이, 따뚜가 성큼성큼 걸음을 옮겨 방금 전까지 그들이 모여 있던 곳에 멧돼지를 내려놓고는 손질을 시작했다.

이미 잡은 곳에서 내장을 비롯한 부속물은 처리하고 왔는지 눈앞에서 시뻘건 내장이 쏟아지는 광경은 피할 수 있었지만, 어디서 꺼냈는지 모를 날카로운 돌칼로 가죽을 벗겨내고, 근육과 살점을 드러내는 모습도 과히 좋은 모습은 아니었다.

벌써부터 비위가 약한 윤신애가 고개를 돌리고는 헛구역질을 하는 시늉을 했다. 이지원 역시 고개를 돌리지는 않았으나 안색이 창백해진 것이 윤신애와 그리 상태가 달라 보이지 않았다.

장택근 역시 비위가 상하는 것을 느꼈지만 고깃덩어리를 분리해 낸 따뚜가 그 시뻘건 덩어리를 선물이랍시고 내밀자 싫은 내색도 하지 못하고는 어정쩡한 미소를 지었다.

"으으으."

손끝에 닿는 날고기의 감촉에 그가 진저리를 쳤다. 정육점에서 파는 삼겹살 따위와는 비교도 되지 않는 기이한 감촉이다. 당장에라도 시뻘건 고깃덩어리를 내던지고 싶음 마음을 꾹 눌러 참고 그가 따뚜에게 고맙다는 제스처를 취해 보였다.

따뚜가 우쭐대는 표정을 지어 보이다가 다시 고기를 손질하는 것에 열중했다. 그렇게 따뚜가 작업에 열을 올리자 장택근은 곤란해져 버렸다. 손바닥 위에 올려진 물컹거리는 날고기를 버리지도 못하고 어디 두지도 못하고 울상을 짓고 있는데 진재영이 어디선가 비닐봉지를 꺼내 그에게 내밀었다.

"여기 넣어요."

비닐봉지를 받자마자 고깃덩어리를 던져 넣는 장택근의 모습이 호들갑스러웠다.

"고마워요. 으으… 기분 되게 이상하네요, 날고기라는 거."

장택근이 소름이 돋는다는 듯 넌더리를 치며 투덜거렸다. 그사이에 몇 개인가 고깃덩어리를 잘라낸 따뚜가 그들 사이로 끼어들어 비닐봉지에 시뻘건 고깃덩어리들을 쑤셔 넣었다.

그들이 그렇게 멧돼지를 손질하는 따뚜를 기다리며 도란도란 이야기를 나누고 있는데 차동수와 나윤섭이 다가왔다.

고기를 손질하던 따뚜가 그들이 다가오는 것을 발견하자, 예의 그 싸늘한 얼굴을 해 보이며 손을 멈췄다.

그 모습에 숨김없는 경계심이 드러나는지라, 차동수와 나윤섭이 더는 다가오지 못하고 몇 걸음 떨어진 곳에서 걸음을 멈춰 섰다.

*   *   *

"장 조감독!"

나윤섭이 제 딴에는 목소리를 깔며 장택근을 불렀다. 생전 쓰지도 않던 조감독이란 말까지 하는 그의 태도에 장택근은 웃음이 나오려는 것을 참았다.

그들이 다가온 이유야 빤하지 않은가.

안 그래도 식량이 떨어져가는 마당에 따뚜가 며칠은 풍족하게 먹을 멧돼지를 잡아왔다. 군침이 흐르는 것도 당연한데 따뚜의 태도가 쉽게 자신의 사냥감을 나눠줄 것 같지 않자, 그나마 따뚜가 호의를 보이는 장택근에게 접근한 것이다.

"왜요?"

내심 그들의 꿍꿍이를 알고 있으면서도 장택근은 모르는 척 시치미를 뗐다. 그 천연덕스러운 대답에 나윤섭이 당황한 표정을 지었다가 이내 처음의 근엄한 얼굴을 해 보이며 말했다.

"우리가 한솥밥을 먹기 시작한 지도 대충 2년이 되어가지?"

궁색하다. 궁색해. 지놈 아쉬운 것이 있으니 구차하게 정에 호소하는 나윤섭의 모습이 더없이 궁색했다.

한솥밥 2년에, 눈칫밥에, 덤으로 욕지거리까지 2년 동안 배부르게 먹었다. 그런데 이제 와서 친근한 척을 하는 그의 태도가 기가 찼다.

"말하세요."

장택근은 팔짱을 끼며 심드렁하게 말했다. 막상 말은 던졌지만 어떻게 용건을 꺼낼지 곤란해하는 나윤섭의 모습이 답답했는지 차동수가 끼어들었다.

"우리가 식량 떨어져 가는 건 알지? 당장 내일 점심까지 먹을 양도 간당간당해. 그래서 말인데……."

역시나 장택근의 짐작과 그들의 용건이 그리 다르지 않았다.

"고기 좀 나눠달라는 거죠?"

말을 하면서도 그는 쓴웃음이 나왔다. 그의 말에 나윤섭과 차동수가 침을 꼴깍 삼키며 긴장을 하는 모습이 너무도 안타까웠다.

"좋아요, 드릴게요."

어쩌다 보니 지금은 그를 비롯한 여자들과 남자들로 파벌 비슷한 것이 생기긴 했지만 애초에 한솥밥을 먹는 식구들이다. 이제 와서 치사하게 먹을 것으로 유세를 부리고 싶진 않았다.

"역시 장 조감독이 말이 잘 통해! 속 좁은 여자들이랑 다르다니까."

딴에는 그의 비위를 맞춘다고 한 말에 장택근의 눈썹이 찌푸려졌다. 차동수가 황급히 나윤섭의 입을 막으며 말을 돌린다.

"고마워. 덕분에 한시름 덜었어."

그 사람 좋은 얼굴에 장택근은 욕지기가 치밀어 올랐다.

만약 따뚜가 사냥을 해오지 않았다면 그때도 그의 표정이 지금과 같았을까. 어제 오늘의 기억을 떠올려 보건대 그는 필시 거드름을 피우며 남자 스태프들 뒤에서 그들이 장택근과 여자들에게 타박하는 것을 바라보며 비열하게 웃고 있었을 것이다.

"단! 조건이 있어요."

"조건? 조건이 뭐대?"

조건이라는 말에 차동수는 눈살을 찌푸렸지만 순순히 말할 수밖에 없었다.

"식수 건. 더 이상 언급하지 말아주십시오."

윤신애가 식수를 남용한 것을 말하는 것이다.

"싫은 사람이 있으면 말씀하세요. 대신 그 사람은 고기를 드리지 않겠습니다."

그 말에 차동수와 나윤섭이 연신 고개를 끄덕였다.

그들의 호언장담에 장택근은 고개를 돌렸다.

벌써 몇 번이나 비닐 봉투를 바꿔가며, 따뚜가 들이미는 고깃덩어리를 담느라 분주히 움직이는 여자들을 보았다.

대충 손질이 끝나가는 모양새였는데 고기가 더 이상 없어서라기보다는 남은 부위는 통째로 구울 생각인지 따뚜가 멧돼지를 기다란 꼬챙이에 꿰어 넣느라 살점을 더 베어내지 않고 있었다.

대충 고기의 양을 가늠해 본 장택근은 다시 고개를 돌렸다.

차동수와 나윤섭이 탐욕스러움이 가득한 눈빛으로 고깃덩어리가 가득 담긴 비닐 봉투들을 쳐다보고 있는 것이 보였다.

"조건이 하나 더 있어요."

이미 식사 같지도 않은 식사로 끼니를 때운 것이 며칠이나 되었다. 덕분에 오랜만에 포식한다는 생각에 고기가 담긴 비닐 봉투에서 시선을 떼지 못한 나윤섭과 차동수가 건성으로 고개를 끄덕이는 것이 보였다.

"고기와 지금 남은 식량이랑 교환하는 걸로 해요."

생각지도 못한 그의 말에 차동수가 뜨악한 표정을 지어 보였다.

그 표정에 당황한 기색이 역력했는데 장택근은 그가 놀라거나 말거나 계속해서 말했다.

"어떻게 할래요?

어차피 자신들은 고기를 보존할 방법을 모른다. 냉장고도 없는 이 오지에서 저런 고깃덩어리들이 얼마나 오래 갈지 알수 없었다. 혹시 따뚜라면 고기를 보존할 방법을 알지도 모르겠지만 지금 하는 꼴을 보니 따로 남겨둘 생각은 없어 보였다.

아무리 생각해도 저 많은 고기를 자신과 여자들이 다 처리할 수 있을 것 같지 않았다. 그렇다면 저 처치 곤란한 고기와 촬영을 위해 미리 준비해 온 식량들과 교환하는 것도 나쁘지 않았다.

"좋아!"

고민 어린 표정을 짓는 차동수와는 달리 나윤섭이 대번에 그의 조건을 수락하겠다 외쳤다. 나윤섭의 경솔한 대답에 차동수가 난감한 표정을 지었지만 잠시 인상을 썼을 뿐 번복하진 않았다.

"기다려!"

나윤섭이 굼뜨기만 한 평소의 모습과는 다르게 날랜 동작으로 남자 스태프들에게 돌아가 식량을 모아둔 배낭을 받아왔다.

"자, 빨리 줘."

나윤섭의 독촉에도 장택근은 느긋한 동작으로 배낭을 열어 대충 내용물을 파악하고 나서야 고기가 든 비닐 봉투를 건네주었다.

"고마워!"

나윤섭이 고기를 받아 들고는 날듯이 제 일행에게 돌아갔다. 멀리서 보기에도 거들먹거리는 모양새가 꼭 개선장군이라도 된 듯한 모습이었다. 그렇게 나윤섭이 호들갑을 떠는 모습과 장택근을 번갈아 보던 차동수가 한숨을 내쉬며 자신의 자리로 돌아갔다.

"왜, 저런 놈들. 아주 굶어 죽으라고 하지."

"그러게… 뭐가 예쁘다고 고기를 줘. 지들은 그깟 물 좀 썼다고 신애를 쥐 잡듯이 잡아놓고."

이지원과 진재영이 잔뜩 심통이 난 얼굴로 장택근을 나무랐다.

장택근이 윤신애를 보니 그녀 역시 말은 안 해도 그간 당했던 설움이 적지 않은 듯 못마땅한 표정이었다.

"어차피 다 못 먹어요. 냉장고가 있는 것도 아니고 오늘만 지나면 저거 먹지도 못할 걸요."

장택근의 말을 납득한 여자들이었지만 입이 튀어나오는 것까지는 막지 못한 모양이었다. 장택근이 그런 여자들에게 낮은 목소리로 설명했다.

"차라리 다 못 먹고 버릴 바에야, 선심이나 쓰고 더 유용한 걸 받아와야죠."

그가 남은 식량이 전부 들어 있는 배낭을 들어 보이자 그세야 여자들의 표정이 밝아졌다. 그 모습에 괜스레 어깨에 힘이 들어가면서도, 한편으로는 지금의 상황이 씁쓸하기만 했다.

조난으로 인한 스트레스가 일행의 분열을 부추겼다.

게다가 그 분열을 막아야 할 차동수와 나윤섭이 분열을 막기는커녕 부추기고 있었으니 조난당했다는 사실을 깨달은 지불과 며칠 만에 장택근과 여자들, 그리고 다른 남자들로 완벽하게 편이 갈려 버렸다.

다 같이 힘을 합쳐도 모자랄 판에 이래서야 완전히 다른 일행이나 다름없었다. 아니, 이제는 완전히 남보다도 못한 사이가 되었다.

제멋대로 구는 남자들 탓에 혹시 모를 상황에 대비한다는 명목으로 식량을 받아냈다지만 장택근은 자신이 생각한 '혹시 모를 그 상황'이 그 이상임을 스스로도 알고 있었다.

자신이 떠올린 추악하고 이기적인 생각에 자괴감에 빠져 있는데 이지원이 슬쩍 다가와 어깨에 손을 올렸다.

"잘했어."

마치 다 안다는 듯한 그 태도에 괜스레 가슴 한구석에서 왈칵하고 올라오는 무언가를 느꼈지만 그는 그저 어색한 표정으로 웃어 보였을 뿐이었다.

장택근이 그렇게 생각에 잠겨 있는 사이에 고기를 둘러싸고 아직까지 호들갑을 떠는 남자들 틈에서 차동수가 기이한 눈빛으로 그와 여자들을 훔쳐보고 있었다.

*　　　*　　　*

"이야! 이게 얼마 만에 먹어보는 고기야!"

장택근이 노릇노릇하게 구워진 멧돼지를 입에 넣고는 황홀한 표정을 지어 보였다. 그가 호들갑을 떨자 진재영과 윤신애가 저마다 미소를 지으며 각자 한마디씩 했다.

"냄새가 날 줄 알았는데 다행히 괜찮네요."

"그러게, 멧돼지 고기는 노린내가 심하다고 들었는데 맛있네?"

저마다 감탄을 내뱉으며 식사를 하는데 오직 이지원만이 아무런 말도 없이 식사에 열을 올리고 있었다.

평소에도 깔끔한 외모와는 달리 대식가로 유명한 이지원이다. 연신 손을 놀려가며 멧돼지 고기를 우물거리는 모습이 말할 시간에 하나라도 고기를 더 먹는 게 이득이라고 생각한 모양이었다.

그 모습이 어찌나 우스꽝스러운지, 장택근과 여자들이 한바탕 웃음을 터뜨렸다. 따뚜만이 영문을 몰라 눈을 동그랗게 떠 보였다가 이내 고개를 갸웃거리고 다시 고기를 먹는 데 집중했다.

따뚜가 사냥해 온 멧돼지 고기는 생전 처음 먹어보는 맛이었다. 한국에서 즐겨 먹었던 삼겹살이나 목살 따위를 떠올렸는데, 막상 먹고 보니 전혀 새로운 맛이라 장택근은 감탄할 수밖에 없었다.

게다가 그간 허기를 면한답시고 먹었던 음식이 죄다 통조림이나 건조식품 따위라 오랜만에 먹어보는 제대로 된 음식에 모두가 체면 따위는 집어던지고, 뜨거운 고기를 맨손으로 집어 호호 불어가며 먹고 있었다.

비록 조난당한 사실은 여전했고, 아마존의 위험함 역시 변하지 않아 주변에는 지나치다 싶을 정도로 불이 지펴져 가뜩이나 더운 날씨가 아예 찜통이라 해도 좋을 상황이었지만, 사람들은 마치 캠프라도 하는 분위기에 빠져들어 마음껏 웃고 떠들었다.

"이런 씨팔, 이게 고기야, 고무야!"

하지만 모든 일행이 그런 여유로운 기분을 만끽한 것은 아니었다. 차동수를 비롯한 남자들은 고기가 질긴지 연신 욕설을 내뱉으며 불만스러운 식사를 하고 있었다.

"어우! 노린내! 이딴 걸 어떻게 먹어."

나윤섭과 김우영이 나란히 욕설을 내뱉었다. 멀찌감치서 때아닌 고기 파티를 벌이던 장택근이 그 모습을 보며 자신들이 먹고 있는 고기와 그들이 먹고 있는 고기가 다른 고기인가 하고 생각했을 정도로 그들은 불만족스러운 저녁을 먹고 있었다.

아무래도 따뚜가 알 수 없는 풀을 주워다가 즙을 내 고기에 뿌리는 시늉을 하더니, 그게 맷돼지의 육질에 지대한 영향을 끼친 모양이었다. 덕분에 장택근과 여자들은 입에서 살살 녹아내리는 고기를 마음껏 즐길 수가 있었다.

"따뚜가 복덩어리네, 아주 그냥."

한참 고기를 먹는 데 열중하고 있던 따뚜가 자신의 이름이 언급되자 고개를 들었다가 이유도 모르고 미소를 지었다. 그 모습이 어찌나 순박하고 정감이 가던지 장택근도 마주 미소를 지어주었다.

"저쪽은 주방장이 별론가 보네."

원래 양이 적은지 일찍 손을 땐 진재영이 배를 두들기며 말했다. 다른 사람들도 진즉부터 남자들의 상황을 살피고 있었던지라 그 말에 고소하다는 표정을 지었다. 불과 며칠 되지도 않았지만 꽤나 불만이 생긴 모양이었다.

"도저히 못 먹겠다!"

결국 노린내와 질긴 육질에 포기했는지 김우영이 버럭 소리를 치며 자리에서 일어났다. 그러고는 성큼성큼한 걸음으로 곧장 장택근 일행을 향해 다가갔다.

즐겁게 식사를 하고 있던 장택근과 여자들이 김우영의 접근에 의아한 표정을 지었다. 한껏 인상을 찌푸리고 있던 김우영이 갑자기 자신에게 시선이 몰리자 눈을 크게 떴다가 이내 헤실거리는 웃음을 지어 보였다.

"헤헤… 고기 안 질겨요?"

훤칠하고 남자다운 외모와는 다르게 비굴한 표정이라 사람들이 내심 터져 나오려는 웃음을 참는데 김우영이 손바닥까지 비벼보였다.

"저쪽 고기는 도저히 못 먹겠는데 이쪽 고기는 맛있어 보이네요."

말을 들어보니 고기를 좀 달라는 뉘앙스라 사람들이 결국 웃음을 터뜨렸다. 김우영은 얼굴이 시뻘겋게 달아올랐지만 돌아갈 기색은 보이지 않고, 여전히 비굴한 표정으로 실없는 웃음을 지어 보였을 뿐이었다.

일행이 그 모습에 헛기침을 하며 표정을 다잡고는 장택근에게 시선을 돌렸다. 별다른 말이 없어도 여자들이 장택근에게 결정권을 넘겼다는 사실을 본능적으로 눈치챈 김우영이 그에게 친한 척을 한다.

"조감독님, 고기 남기면 아깝지 않아요? 여자분들이라 그런지 많이 못 드시네요."

식사가 시작된 지 꽤 되었음에도 여전히 처음의 속도대로 입과 손을 놀리는 이지원이 무색해지는 말이라 장택근이 저도 모르게 실소를 머금었다.

거만하고 싸가지 없기로 유명한 김우영이었지만 희한하게도 남자들이 윤신애를 타박하고, 여자들을 은연중에 무시할 때는 단 한 번도 끼지 않았었다.

그것이 윤신애와 여자들에 대한 흑심 탓인지, 아니면 또 다른 이유 때문일지 몰랐지만 장택근은 그가 싫지 않았다.

단순히 성격이 좀 안하무인이라 그렇지 내심은 순수한 사람이 아닐까 생각하고 있던 차라 김우영의 천연덕스러운 태도에 그만 두 손을 들고 말았다.

"좀 드실래요?"

말이 끝나기가 무섭게 자리에 앉아 고기를 집어먹는 모양새가 이지원이 혼자 남은 고기를 다 먹을까 애가 탄 기색이다. 그 모습에 일행이 다시 웃음을 터뜨렸다.

그렇게 장택근과 여자들이 김우영과 해프닝 아닌 해프닝을 벌이고 있을 때, 남자들은 짜증이 가득한 얼굴로 저들끼리 이야기를 나누고 있었다.

"이게 뭐야, 고작 이딴 거 받으려고 남은 식량 전부랑 바꿔 온 거예요?"

평소 나윤섭을 곧잘 따르던 연출팀의 스태프, 손보석이 불만을 표했다. 그 말에 나윤섭이 찔끔한 표정을 지었지만 이내 인상을 쓰며 성질을 부렸다.

"뭐 인마? 이 새끼가 지도 고기 보고는 좋다고 난리를 치더니 왜 이제 와서 난리야."

"아뇨, 뭐… 그렇다는 거죠."

눈을 번뜩이는 게 몇 마디 더 했다가는 있는 대로 꼬장을 부릴 기세라 손보석이 슬그머니 꼬리를 내렸다. 하지만 여전히 불만스러운 표정은 숨기지 않았다.

"그래도 남은 음식을 다 준 건 좀 아니었던 거 같은데."

말이 없는 성격이라 이전부터 대하기가 조금은 껄끄러웠던 김일식이 손보석을 거들었다. 결국 나윤섭이 폭발할 것 같은 표정으로 입을 열려는데 차동수가 끼어들었다.

"그만. 어차피 내일이면 다 없어질 양이었어요. 어차피 맛없기로는 마찬가지니까 다들 너무 그러지 말아요."

나윤섭에게는 불만을 드러내더니 차동수가 말하니 또 사람들이 금세 표정을 풀었다. 그 모습을 본 나윤섭은 괜히 배알이 뒤틀렸다.

서울에서는 눈썹만 찡그려도 알아서 기던 것들이.

하지만 결국 그 역시도 표정을 풀며 아무 일 없었다는 듯이 질기고 노린내가 나는 고기를 입에 집어넣었다.

밀림은커녕, 등산 한 번 가본 적 없는 나윤섭과 남자들이다. 당장 차동수가 나 몰라라 하면 불을 피우는 것부터 시작해서 할 수 있는 것이 없었다. 이런 상황에서는 불만이 있더라도 그를 믿고 따르는 것이 상책이었다.

"먹어요. 싫어도 내일까지는 이걸로 버텨야 합니다."

차동수가 무표정한 얼굴로 고기를 씹으며 말했다.

사람들이 그 말에 한숨을 내쉬며 고기를 다시 집어먹기 시작했다.

"우영 씨는 넉살도 좋네. 저걸 또 좋다고 가서 얻어먹고 있어."

아무리 차동수의 눈치를 살피느라 나윤섭에 대한 불만을 삼켰다지만 그 짜증이 어디로 가는 것은 아니었다. 손보석이 자신들과는 다르게 화기애애하게 모여 식사를 하는 장택근과 일행을 바라보며 한마디 내뱉었다.

"아서라, 너라면 가서 먹고 싶겠냐? 그깟 고기 하나 먹겠다고 알랑방귀를 끼느니 그냥 신문지라도 씹고 있겠다. 나 원참, 치사하고 더러워서… 같은 일행끼리 뭐하는 짓인가 몰라."

그간 윤신애를 가장 심하게 비난했던 김일식이다.

김우영과는 다르게 고기를 달라 할 염치도 없었지만 그는 그런 내심을 숨기고는 오히려 장택근과 여자들을 비난했다.

"돌아가기만 하면 삼겹살 원 없이 사먹으련다!"

손보석이 연신 고개를 끄덕이다 고기를 슬그머니 내려놓았다.

"먹으라니까요. 먹어야 기운을 차리죠. 당장 이거 안 먹으면 내일 먹을 것도 없어요."

차동수가 다시 손보석에게 고기를 더 먹으라고 종용했다.

"아니, 턱이 아파서 더 못 씹겠어요. 내가 원래 이빨이 좀 약해."

쭈뼛대며 변명을 하는 꼴이 완전히 차동수의 눈치를 보는 모양새다. 차동수는 남모르게 저열한 만족감에 미소가 비어져 나오려는 것을 꾹 참고는 다시 그를 달랬다.

"그래도 내일은 또 걸어야 할 텐데, 좀 먹어둬요."

결국 두 손 두 발 들었다는 표정으로 억지로 고기를 씹기 시작하는 손보석이다. 김일식과 나윤섭 역시 그리 다르지 않은 표정으로 말없이 턱만 놀려댔다.

"많이들 먹어요. 먹어야 기운을 쓰지."

그 역시 내키지 않는다는 표정이었지만 질기고 노린내가 나는 고기를 입가에 가져갔다.

"내일은 기운 쓸 일이 좀 생길 거 같아서 말입니다."

다들 먹기 싫은 고기를 먹느라 그의 말에 건성으로 고개만 끄덕이느라 아무도 발견하지 못했지만 차동수의 입가에 평소와는 다른 느낌의 미소가 지어졌다.

한쪽 입꼬리가 슬쩍 치켜 올라가며 눈동자가 슬그머니 움직이더니, 캠핑이라도 즐기듯 웃고 떠드는 장택근 일행을 눈에 담았다.

*　　　*　　　*

장택근은 갑작스레 찾아온 두통에 인상을 와락 일그러뜨렸다. 머리를 쪼갤 것 같은 통증이 초단위로 머리를 두들겨 댔다. 온몸이 차갑게 식어 내리며, 심장이 미친 듯이 뛰었다.

마치 술에 취한 것 같은 기이한 부유감마저 느껴져, 눈앞에서 여전한 모습으로 웃고 떠드는 일행의 모습이 마치 꿈처럼 느껴지는데, 머리가 부서질 것만 같은 통증만큼은 지독스럽게 현실감 있었다.

"어? 왜 그래? 택근 씨! 괜찮아요?"

김우영의 실없는 소리를 받아주며 웃고 있던 진재영이 가장 먼저 장택근의 이상을 발견하고는 눈을 크게 떴다.

핏기 한 점 없이 하얗게 질린 얼굴로 눈을 질끈 그의 모습이 심상치 않았다.

"어디 아파요?"

진재영이 벌떡 일어나 장택근에게 달려가니, 그제야 뒤늦게 장택근의 상태가 좋지 않음을 깨달은 여자들이 놀라 저마다 소리쳤다.

"조감독님!"

"택근 씨!"

윤신애와 이지원은 물론 김우영까지 깜짝 놀라 호들갑을 떠는데 장택근은 여전히 감은 눈을 뜨지 않은 채 식은땀만 삘

뻘 흘려댔다.

그 모습에 혹시라도 상처가 잘못됐나 걱정이 된 진재영이 장택근의 상의를 걷어냈다. 붕대에 감긴 그의 허리춤에 손을 뻗어가던 그녀가 일순간 몸을 멈추더니, 김우영에게 시선을 돌렸다.

"이제 우영 씨 자리로 돌아가죠?"

"네? 아직 덜 먹었는데."

명백한 축객령에도 불가에서 노릇노릇 구워지는 고기에 대한 미련이 남았는지 김우영이 우물쭈물거렸다.

"김우영, 이제 좀 가지? 정 아쉬우면 남은 건 가져가든가."

이지원이 눈을 부라리며 말하니 그제야 무거운 엉덩이를 슬그머니 드는 김우영이었다.

"아… 알았어요. 택근 씨. 몸조리 잘해요."

눈치를 보면서도 남은 고기를 손바닥에 한 움큼 쥐고 가는 그의 모습에 사람들이 고개를 절레절레 흔들다가 이내 장택근에게 시선을 돌렸다.

"텐트로 옮겨야겠다."

진재영의 말에 이지원과 윤신애가 장택근을 부축해 텐트로 자리를 옮긴다.

"택근 씨, 괜찮아? 내 말 들려?"

마치 시체처럼 늘어져서 미동도 없는 그의 모습에 진재영이 체온계를 겨드랑이에 끼워 넣는데 윤신애가 벌써부터 눈물이 그렁그렁하다.

이지원 역시 별달리 말은 하지 않아도 장택근의 상태에 꽤나 걱정이 되는지 얼굴이 어두웠다.

"잠깐만 나 좀 도와줘."

그렇게 말한 진재영이 그의 허리춤을 싸맨 붕대를 풀어냈다. 갑작스레 상태가 안 좋아진 그를 보며, 혹시라도 지난 상처가 잘못 되었나 걱정이 된 탓이었다.

하지만 그녀의 우려와는 달리 장택근의 상처는 그대로였다. 마지막에 보았던 모습 그래도 흔적 하나 남지 않아 깨끗하기만 한 피부가 보였다. 하지만 혹시나 상처 내부가 잘못된 것인가 하여 조심스럽게 그녀가 촉진을 했다.

가뜩이나 하루 만에 사라진 상처 탓에 내심 걱정하고 있었던 그녀. 나뭇가지에 관통 당하다시피 한 상처가 흔적도 남지 않고 사라진 기사에 혹여 다른 문제가 있는 것은 아닌지 그녀의 손길이 조심스럽고 꼼꼼했다.

"안에 피가 고였다거나 멍울이 생기진 않았는데."

아무리 만져봐야 매끈한 피부 그대로라 진재영이 고개를 갸웃거렸다. 전혀 이유를 알 수 없는 상황이라 걱정이 이만저만이 아니었는데 자신들이 있는 곳이 아마존의 오지라 생각하니 이제는 슬슬 겁까지 날 지경이다.

현대에 아직 밝혀지지 않는 미세한 균이 침투한 것은 아닐까. 그 균이 이상 반응을 일으켜 하루 만에 상처를 치유하고 또 지금 알 수 없는 작용을 하는 것은 아닐까.

수없이 떠오르는 생각에 그녀가 입을 다물었다. 그렇게 그녀마저 입을 다물자 침묵이 내려앉은 텐트 속에서 윤신애와 이지원이 장택근과 진재영을 번갈아 바라보며 더욱 걱정스러운 표정을 지어 보였다.

"체온은 36.5도. 조금 낮지만 정상 체온이야. 상처에도 이상이 없고, 체온도 정상이야. 도대체 뭐가 문제지?"

진재영이 알 수 없다는 표정을 지으며 그렇게 말하자 간신히 눈물을 참고 있던 윤신애의 뺨으로 눈물이 흘러내렸다.

"괜찮아, 괜찮아. 택근 씨는 괜찮아질 거야."

그런 그녀를 이지원이 등을 쓸어주며 다독였다.

"조감독님."

하지만 이지원의 위로도 소용이 없었는지, 윤신애가 결국 장택근의 가슴 위로 엎어지며 눈물을 펑펑 쏟아내기 시작했다.

8장

분열

"괜찮아?"

이지원이 안타까운 어조로 물었다.

"네."

대답할 기운도 없는지, 윤신애가 수척해진 얼굴로 짧게 대답했다. 가뜩이나 마르고 여렸던 그녀의 얼굴이 이제는 흰지나 다름없는 얼굴이 되어, 보는 사람들이 얼마나 안타까운지 모른다.

차라리 그녀의 품에 안겨 축 늘어져 있는 장택근의 안색이 그녀보다는 건강해 보일 지경이다.

"너도 몸 좀 챙겨. 언제 일어날 줄 알고."

이지원이 그렇게 말하고는 몸을 돌려 텐트의 비닐 막을 바라보았다. 그대로 더 보고 있자니 너무도 안타까워 차라리 시선을 돌린 모양이다.

윤신애가 그런 그녀의 뒤에서 보이지 않게 고개를 숙였다가 다시 장택근을 바라보았다.

그날 장택근이 의식을 잃고 나서 벌써 3일이란 시간이 흘러가 버렸다. 지난번에 정신을 잃었을 때와는 다르게 열도 없었고, 그 어떤 이상 징후도 없었다.

그런데도 그는 깨어날 기미가 보이지 않았다.

"이지원 씨! 장작이 다 떨어졌어요!"

그녀가 상념에 잠겨 있는 사이에 텐트 밖에서 이지원을 부르는 소리가 들렸다. 돌아누워 있던 이지원이 몸을 일으키며 작게 투덜거렸다.

"갔다 올게."

담담하게 말하고는 자리에서 텐트의 지퍼를 열고 나가는 그녀의 손이 윤신애의 눈에 가득 들어왔다. 손에 관련된 상품의 광고까지 촬영할 정도로 곱던 그녀의 손이 지금은 온통 부르트고 상처가 나 엉망이 되어 있었다.

"다녀오세요."

이미 텐트를 나선 이지원에게 들릴까 알 수 없었지만 윤신애는 최대한 목소리를 짜내어 그녀에게 인사를 했다. 그것이 모두를 위해 최선을 다하고 있는 그녀에 대한 예의였다.

*   *   *

장택근이 정신을 잃은 후 많은 것이 바뀌었다.

다음 날 차동수는 기다렸다는 듯이 고기와 교환했던 식량을 탈취해 갔다. 이지원과 진재영이 항의를 했지만 변하는 것은 없었다. 너무 강하게 반박하자니 자신들만 식량을 숨겨두고 먹겠다는 것처럼 보여, 약속과 신뢰를 들먹이며 어필했지만 차동수는 들은 척도 하지 않았다.

말인즉슨 자신들은 운명공동체이며 살아남기 위해서라면 서로 희생하고 양보해야 한다고 하지만 그렇게 말하는 동안 그의 눈에 드러나던 숨길 수 없는 우월함이 섬뜩하기만 했다.

결국 이지원을 비롯한 여자들은 남자들이 조금씩 배급해주는 식량을 먹고 살아야 했다. 그나마 전날 배를 두둑하게 재운 탓인지 당장 허기로 쓰러질 것 같지는 않았지만 남자들이 주는 식량은 초코바 하나, 또는 마른 육포 몇 조각이 다였다.

당연하게도 여자들은 조금씩 말라갔다. 체력이 약해지고 피부도 눈에 뜨일 정도로 건조해졌다. 불과 며칠 사이에 머릿결이 푸석푸석해지고 눈 밑이 시커멓게 변했다.

모든 것이 부족했다.

식수도, 식량도.

남자들도 지쳐 갔지만 체력이 약한 여자들에게는 더욱 힘든 시간이었다.

하지만 그럼에도 불구하고 남자들은 한 사람 몫을 하지 않는다면 더 이상의 배식도 없다고 으름장을 놓았다. 이지원이 장작을 모으러 간 것 역시도 마찬가지 맥락의 일이었다.

낮에는 연기를 피워 올리고, 저녁에는 모닥불을 통해 꾸준히 구조 신호를 보냈으나 도움의 손길은 오지 않았다. 조금씩 사람들이 조난당했다는 사실에 대한 두려움보다는 당장의 생존에 대한 압박을 받기 시작했다.

그런 이유로 며칠이 지나지도 않았건만 사람들의 관계는 예전과 판이하게 달라졌다. 사회에서 누렸던 위치보다는 생존에 도움이 되는 이들이 더욱 큰 대우를 받았다.

차동수는 용케도 몇 번인가 새 따위를 잡는 등의 활약을 하며 완전하게 리더의 자리를 굳혔고, 다른 남자들 역시 이런저런 일을 하며 한 사람의 몫을 했다.

결국 몸이 약한 여자들의 처우는 이루 말할 수 없을 정도로 열악해졌다.

진재영은 의사라는 직함 덕에 다른 이들보다는 사정이 좋왔지만, 별다른 도움이 되지 않는 이지원은 온갖 잡일은 다 하면서도 제대로 된 대우도 받지 못했다. 배식이라고 받아 오는 것은 초라하기만 했다.

게다가 설상가상으로 의식을 잃은 장택근에 대한 배식은 전혀 나오지 않았다. 어차피 먹을 수 있는 상황도 아니었지만, 단 한 번 먹였던 고기죽 비슷한 것 역시 더는 먹일 수 없었다. 윤신애 역시 장택근이 걱정되어 텐트를 나설 수 없었는데 당연하게도 그녀는 배식 대상에서 제외되었다.

간신히 연명만을 할 수 있는 정도의 식수가 배급되었을 뿐이었다.

진재영과 이지원이 자신들 역시 장택근을 돌보는 것을 도울 테니, 뭐라도 하고 배식을 받아 오라 말했지만 그녀는 요지부동이었다.

어떻게 보면 미련하게 보이는 그녀의 행동이었지만 그녀의 정성에 감동한 진재영과 이지원은 그나마 부족한 식량을 나눠주었다. 처음에는 윤신애가 완강하게 거부했지만 뭐라도 먹어야 살고, 또 살아야 장택근을 돌볼 수 있다는 밀에 조금씩이나마 허기를 때우기 시작했다.

그렇게 3일이란 시간이 흘러갔다.

체력이 약해진 여자들은 말할 것도 없이, 차동수를 비롯한 남자들조차도 정신적으로 한계에 달해 있었다.

부족한 식량과 식수는 말할 것도 없었고, 언제 덮쳐들지 모르는 밀림의 맹수 탓에 편안하게 잠을 자본 적조차 없었다. 게다가 아무리 구조 신호를 보내도 오지 않는 구조의 손길은 그들의 정신을 극한까지 몰아붙였다.

당장에라도 터질 것 같은 스트레스를 꾹 눌러 참느라 사람들의 말수가 점점 줄어갔다. 게다가 더욱 끔찍한 것은 구조에 대한 희망이 옅어지고, 절망이 깊어갈수록 사람들의 눈빛에 서리기 시작한 알 수 없는 광기였다.

그 광기가 번뜩이며 여자들을 향할 때마다 이지원과 진재영은 불안한 기색으로 텐트 밖의 동정을 살피느라 잠을 이루지 못했다.

윤신애는 절망적인 상황 속에서 간절히 바랐다.

이럴 때 장택근이 있었다면, 아니, 하다못해 따뚜라도 있었으면.

장택근이 쓰러진 다음 날 따뚜는 어딘가로 사라져 돌아오지 않았다. 따뚜라도 있었으면 남자들이 이렇게까지 여자들을 몰아붙이지 않았을 텐데 하는 마음에 괜스레 갑자기 사라진 따뚜에 대한 원망마저 고개를 쳐들 지경이었다.

얼마나 그렇게 생각에 잠겨 있었을까.

장작을 줍는다고 나갔던 이지원이 텐트로 돌아왔다.

그런데 그녀의 몰골이 심상치 않았다. 제대로 씻지 못해 더러워졌다고 해도 늘 단정하게 옷매무시를 했던 옷이 엉망이 되어 있었다. 찢기고 늘어나 이제는 넝마가 되어버린 옷 탓에 드러난 그녀의 피부는 멍들고 긁힌 상처로 가득했다.

게다가 얼굴은 또 어떤가. 활동하기 편하게 묶어 올렸던 머리가 풀어헤쳐져 산발을 한 상태였고, 머리칼 사이로 보이는 얼굴도 엉망이었다. 탐스럽던 입술이 터져 새빨간 피가 맺혀 있었다.

"선배님?"

놀란 윤신애가 눈을 크게 뜨며 그녀를 불렀지만 그녀는 대답조차 하지 않았다. 그저 양손으로 몸을 감싼 채 오들오들 떨다가 윤신애의 목소리에 화들짝 놀라 고개를 파묻었을 뿐이었다.

그 모습이 꼭 상처입고 겁에 질린 작은 짐승처럼 보여 윤신애가 영문도 모른 채 안타까운 표정을 지었다.

"네가 사람 새끼야?"

밖에서 고함 소리가 들렸다. 윤신애가 깜짝 놀라 고개를 들었다.

"개새끼야! 차라리 떼버려! 너 같은 새끼는 그거 떼버리는 게 여러 사람 인생 위하는 거야!"

진재영의 목소리가 꼭 미친 사람처럼 악에 받쳐 있었다.

"진 선생! 일단 진정하고 얘기를 들어봐!"

"뭐? 지금 진정하게 생겼어? 당신도 같은 남자라고 편드는 거야?"

누군가가 진재영을 달래보려 했지만 그녀는 막무가내였다. 욕지거리를 내뱉고 저주를 내뱉기를 서슴지 않았다.

윤신애가 진재영과 사람들의 대화를 듣고 설마 하는 심정으로 이지원을 바라보았다. 평소 당당하던 그녀의 모습은 온데간데없이 잔뜩 몸을 웅크린 채, 학질에라도 걸린 사람처럼 몸을 떨고 있는 그녀가 있었다.

"이지원 선배님?"

윤신애가 그녀를 불러보았지만 그녀는 고개도 들지 않고, 이제는 아예 양손으로 귀를 막아버렸다.

"아! 놓으라고! 이지원이 먼저 나를 유혹했다니까! 솔직한 말로 지도 생각이 있으니까 가만히 있었던 거 아니야?"

이제는 상황을 완전히 파악해 버린 윤신애가 듣기에도 뻔뻔하기만 한 사내의 음성이었다.

"뭐? 이 사람 새끼 같지도 않은 개새끼가 어디서 개소리를 지껄여! 지원이가 유혹을 해? 뭐 지도 생각이 있어? 야이! 좆 같은 새끼야!"

"뭐? 이년이, 의사라고 오냐오냐 봐주니까… 한 번 죽어볼래?"

진재영의 악다구니에 맞받아치는 사내의 음성이 난폭해졌

다. 툭탁거리는 소리가 잠시 들리더니 이내 진재영의 날카로운 비명 소리가 들렸다.

"악! 네가 날 쳐? 이 개 같은 새끼야!"

점점 더 난장판이 되어가는 밖의 상황에 윤신애 역시 겁을 집어 먹고는 오들오들 떨고 있었다. 그 순간 차동수의 목소리가 그 난장판의 사이로 끼어들었다.

"손보석! 입 닥쳐!"

그들이 그렇게 악다구니를 쓰며 소란을 떨고 있는 소리에 윤신애가 몸을 웅크리고 오들오들 떨었다.

"그만해. 제발 그만해. 제발. 제발."

몇 번이나 그렇게 속으로 되뇌었을까.

하염없이 눈물을 흘리며 몸을 떨고 있던 윤신애는 자신의 머리를 부드럽게 쓰다듬는 따뜻한 체온을 느꼈다. 왠지 모르게 닿는 것만으로 마음이 놓이는 그 두툼한 손길에 윤신애는 저도 모르게 눈을 크게 떴다.

그렁그렁한 눈을 크게 뜨며 고개를 돌린 윤신애는 그토록 깨어나길 바라마지 않던 그가 깨어 있는 것을 보았다.

그는 며칠 동안 의식이 없던 사람이라고는 믿어지지 않을 정도로 평온한 안색을 하고 있었는데 오히려 그가 깨어난 것을 본 그녀가 마치 꿈이라도 꾸는 듯한 기분이 들 지경이다.

"조감독님?"

믿기지 않는다는 듯 얼떨떨한 그녀의 음성에 그는 말없이 그녀의 머리를 쓰다듬어 주고는 몸을 일으켰다.

*   *   *

몸을 일으킨 장택근은 가벼운 현기증을 느꼈다.

아무래도 너무 오랜 시간을 잠들어 있었기 때문인지 갑작스러운 움직임에 적응하지 못한 몸이 고통을 호소했다. 감각을 되찾는답시고 이리저리 몸을 비트니 온몸의 근육 하나하나가 비명을 질러댔다.

얼마나 정신을 잃고 있었던 걸까.

서서히 평소의 감각이 돌아오는 것을 느끼며 그는 잠시 머리를 흔들었다.

'얼마인지 모르겠지만 꽤나 정신을 오래 잃고 있었던 것 같은데……'

그 덕분인지 아직까지 현실감각이 제대로 돌아오지 않았다. 꼭 깊은 꿈을 꾸다 중간에 강제로 깨워진 것처럼 기이한 부유감이 사라지지를 않았다.

하지만 그는 미묘한 현실감각에 혼란스러운 내심을 내색하지 않았다. 그저 자신이 깨어난 순간부터 눈을 떼지 못하는 가녀린 여인에게 손을 내밀었을 뿐이었다. 눈물로 엉망이 된 얼굴을 한 그녀의 머리를 부드럽게 쓰다듬어 주었다.

"조감독님! 으아아앙!"

마치 어린애처럼 울음을 터뜨리는 그녀의 모습에 그가 잠시 그녀를 보듬어 안고는 등가를 쓸어주었다. 그 상태에서 고개를 돌린 그가 엉망이 된 몰골을 한 이지원을 바라보았다.

"괜찮아요?"

엉망진창이 된 얼굴로 자신을 멍하니 바라보는 이지원에게 짧게 물으니 그녀의 눈에 뿌연 습막이 처지기 시작했다.

"고생했어요."

대답조차 못하고, 그 고운 얼굴이 다 망가진 채로 멍하니 자신을 바라만 보는 이지원의 모습에 장택근이 다정한 미소를 지었다.

"이제 괜찮아요."

그렇게 말한 장택근이 자신을 부둥켜안고 아직까지 흐느끼고 있던 윤신애를 떼어내곤 자리에서 일어났다.

그러고는 윤신애와 이지원을 향해 소리 없이 미소를 지어 보이고는 그대로 텐트를 나섰다.

이지원과 윤신애가 그렇게 텐트를 나서는 그를 잡을 생각도 하지 못한 채 서로 시선을 주고받다가 다시 텐트의 입구로 시선을 돌렸다.

                    *   *   *

텐트를 나선 장택근의 얼굴이 지독스러울 정도로 무표정
해졌다. 방금 전까지 짓고 있던 따뜻한 미소가 마치 거짓말이
었던 것처럼, 싸늘한 얼굴을 한 그가 곧장 사람들이 소란을
피우는 곳을 향해 다가갔다.

"너 이 개새끼! 돌아가기만 하면 성폭행으로 고소할 거야!"

진재영이 사람들에게 붙잡힌 채로 고래고래 악을 쓰고 있
었는데 맞은편의 손보석을 잡는 이는 아무도 없었다. 때때로
위협적으로 손을 올렸다가 내리며 욕설을 내뱉는 그를 바라
보는 장택근의 눈가에 섬뜩한 빛이 일렁였다.

"택근 씨! 잘 왔어! 내 얘기 좀 들어봐. 저 새끼가 어떻게 했
냐면… 어?"

사람들을 헤집으며 자신을 끌어당기는 장택근을 발견한
진재영이 분에 차 말을 하다가 일순간 말을 멈췄다. 뒤늦게
그가 3일 만에 자리에서 일어났다는 사실을 깨닫고는 놀란
표정을 지어 보였다.

"괘… 괜찮아?"

어지간히 걱정한 모양이었다.

그렇게 화가 나서 악다구니를 쓰다가 걱정스러운 얼굴로
저리 안부를 묻는 것을 보니.

장택근이 말없이 고개를 끄덕이고는 그녀를 텐트로 이끌었다.

"아, 봐봐! 저 새끼가 어떻게 했는지 알아? 가만 둬서는 안된다고!"

뒤늦게 상황을 다시 떠올린 그녀가 안 가겠다고 버티고 서는데 장택근은 너무도 가볍게 그녀를 들어 텐트로 던져 넣다시피 했다. 3일간 누워 있다가 이제 막 자리에서 일어난 사람이라고는 생각할 수 없는 힘이었다.

"알아요. 다."

다시 텐트 속에서 튀어나오려던 진재영이 장택근의 말에 멍한 표정을 지어 보였다. 기이할 정도로 믿음직스러운 한마디에 끓어오르던 분노와 억울함이 저 멀리 사라져 버렸다.

"제가 알아서 할게요."

지독스러울 정도로 낮은 음성으로 말한 그가 텐트의 커버를 덮고는 그대로 몸을 돌렸다.

그렇게 몸을 돌린 장택근이 얼떨떨한 얼굴을 한 채로 자신을 바라보는 사람들을 향해 다가갔다. 성큼성큼 긷는 그 거침없는 걸음걸이에 사람들이 미처 반응하지도 못하고 있는데 그가 어느덧 손보석의 지척까지 다가섰다.

그러고는 망설임 없이 손보석의 배를 발로 찍어버리듯이 가격했다.

"억!"

갑작스러운 상황 변화에 아무런 대처도 못하고 거하게 얻어맞은 손보석이 비명을 내지르며 바닥을 나뒹굴었다.

"택근 씨!"

"장 조감독!"

그 모습을 본 남자들이 그를 막아서려 하는데 그전에 땅을 박찬 그가 다시 한 번 손보석의 얼굴을 있는 힘껏 걷어차 버렸다.

"끄으윽!"

듣기 거북한 신음 소리를 내며 손보석이 그대로 고개를 꺾고는 피가 섞인 침을 뱉어냈다. 뒤늦게 장택근의 소매며 허리춤이며 잡아챈 남자들이 그 모습을 보고 망연한 얼굴을 했다.

"놔."

그런 그들에게 장택근이 싸늘한 눈빛을 내뱉으며 으르렁거렸다. 그 눈빛이 어찌나 살벌하던지 그를 잡고 있던 김우영과 김일식이 저도 모르게 슬며시 손을 풀고 말았다.

"아무리 그래도 다짜고짜 뭐 하는 짓이야!"

차동수가 뒤늦게 끼어들며 사납게 소리쳤다. 그 말에 김우영과 김일식을 노려보고 있던 장택근이 고개를 돌렸다.

"사람이 문제가 생겼으면 말로 해결해야지. 가뜩이나 우리 상황도 안 좋은데!"

차동수의 말에 나윤섭이 끼어들며 참견을 했다.

그 말이 너무도 얼토당토않아서 장택근은 차라리 입을 다물었다. 팔짱을 낀 채로 고개를 삐딱하게 한 그 도발적인 자세에 나윤섭이 다시 나서려다 차동수의 만류로 물러섰다.

"물론 보석이가 불미스러운 일을 저질렀지만 그건 어디까지나 실수야. 사람이라면 누구나 할 수 있는 실수. 신애가 물을 마구 낭비했던 것처럼 말이지."

장택근은 그저 아무 말도 없이 듣고만 있었다.

"게다가 아무 일도 없었고 저놈도 후회하고 있을 거야."

사람들의 부축을 받으며 몸을 일으킨 손보석을 가리키며 차동수가 그렇게 말하자 결국 참다못한 장택근이 입을 열었다.

"후회? 실수?"

그 짤막한 말에 담긴 명백한 적대감에 차동수가 다시 달랬다.

"그래, 지원 씨가 좀 예뻐야지. 저놈도 스트레스가 쌓여서 아마 제정신이 아니있을 거야."

그의 말에 손보석이 뻔뻔하게도 억울한 표정을 지어 보였다.

"그래. 스트레스가 심하긴 했겠지. 그래, 인정해."

싸늘한 표정과는 다르게 너무도 순순히 자신의 말에 납득해 버리는 그의 태도에 차동수가 잠시 얼떨떨한 표정을 지어 보였지만 이내 다시 한쪽 입꼬리를 치켜 올렸다.

"그래? 역시 택근 씨도 남자라 이해하는구나. 다행이야. 진 선생은 도저히 말이 통하지 않아서……."

그렇게 차동수가 같지도 않은 동질감을 내세우며 입을 놀려대고 있는데 장택근이 갑작스레 몸을 날렸다. 그의 고분고분한 태도에 방심하고 있던 사람들이 눈을 크게 뜨고는 그가 손보석의 머리를 잡아채는 것을 보았다.

"아악! 아파!"

이빨이 빠진 탓인지 어눌한 발음으로 고통을 호소하며 비명을 질러대는 손보석의 머리채를 우악스럽게 아래로 끌어내린 장택근이 그대로 무릎으로 면상을 찍어 올렸다.

"컥!"

신음도 비명도 아닌 기괴한 소리를 내며 무릎을 꿇는 손보석을 보며 차동수가 뒤늦게 장택근의 겨드랑이에 손을 집어넣으며 소리쳤다.

"뭐 하는 거야!"

그의 사나운 고함 소리에도 장택근은 아무렇지도 않게 양손을 털었다. 손가락 사이에 잔뜩 끼어 있던 손보석의 머리카락이 우수수 바닥에 떨어졌다.

"뭐 하긴. 나도 실수하는 중이지."

장택근의 천연덕스러운 대답에 사람들이 일순간 입을 다물었다.

그들이 그렇게 얼이 빠져 있거나 말거나, 그는 너무도 자연스러운 동작으로 차동수에게서 벗어나 처음의 그 자리로 돌아갔다.

그가 자리로 돌아가자 사람들이 놀란 표정을 지으며 장택근과 처참한 몰골로 바닥을 나뒹구는 손보석을 번갈아 쳐다보았다.

"끄흑. 아… 아파……."

의도치 않은 침묵이 그들 사이로 내려앉았는데 오직 손보석이 고통에 신음하고 흐느끼는 소리만이 들렸다.

"너… 이 새끼……."

가장 먼저 정신을 차린 차동수가 사나운 눈빛을 하며 장택근을 노려보았다. 당장에라도 달려들 것 같은 기세에도 장택근은 태연했다.

"너무 그러지들 말아요. 나도 '실수' 니까."

천연덕스럽게 지껄여 대는 상택근의 모습에 욕시서리를 내뱉으려던 차동수마저도 멍한 표정을 지어 보였다.

"후회하는 중이고, 반성하는 중입니다."

자신이 했던 말을 그대로 되돌려 주며 이죽거리는 장택근을 보며 차동수가 얼굴을 일그러뜨렸다.

"아시다시피 제가 며칠 만에 일어난 거라, 쉬러 가보겠습니다. 그럼 이만."

그런 차동수를 보며 장택근이 한마디를 하고는 아무런 일도 없었다는 듯 여자들이 있는 텐트로 돌아갔다.

"동수 씨! 그대로 둘 거야?"

장택근이 나타나 벌인 일이 워낙 엄청났기 때문인지 사람들이 뒤늦게 정신을 차리며 저마다 한마디씩 내뱉었다.

"저 새끼 완전 미쳤어!"

그때까지도 일어설 생각도 못하고 바닥을 기어 다니는 손보석의 상태를 본 김일식이 한마디 했다. 피투성이가 된 얼굴로 흐느끼는 손보석은 이가 몽땅 부러져 버렸다. 기침을 하며 피를 내뱉을 때마다 하얗게 부스러진 건더기가 쏟아져 나왔다.

이래서야 당장 음식을 먹을 수 있을지도 의문이었다.

"가만둬서는 안 돼! 저 새끼 완전히 돌아버렸다고!"

나윤섭이 다시 한 번 차동수를 재촉했지만 평소 불같은 행동력을 보였던 그가 미동도 하지 않았다.

그저 인상을 찡그린 채 속을 알 수 없는 표정으로 장택근이 사라진 텐트를 노려보았을 뿐이었다.

차동수의 침묵에 사람들이 분통을 터뜨리면서도 섣불리 나서지 않았다. 다들 인정하기 싫어하는 분위기였지만 그들은 본능적으로 느끼고 있었다.

장택근이 뭔가 달라져 버렸다.

패기보다는 끈기가 강점이었던 평범한 조연출, 입봉할 날만 손꼽아 기다리며 온갖 궂은일을 도맡아 하면서도 싫은 내색도 하지 않던 청년.

뭐 하나 특별할 것 없는 사내가 바로 장택근이었다.

하지만 방금 전의 장택근은 어떠했는가.

남자들에게 둘러싸여서도 위축되기는커녕 오히려 그들을 압도했고, 손보석을 아무런 망설임도 없이 두들겨 패는 모습이 꼭 폭력에 익숙한 사람 같았다.

그들이 익히 알고 겪어왔던 장택근과는 전혀 다른 맹수 같은 사내의 모습이었다.

결국 자신들의 실질적인 리더인 차동수가 별다른 행동을 하지 않자, 그들은 그저 엉망으로 깨어지고 망가진 손보석을 부축해서 텐트로 이동했다.

그들이 다 사라지고 난 자리에 홀로 남아 있던 차동수마저 이내 그들을 따라 사라졌다.

*　　　*　　　*

장택근이 텐트에 들어서기가 무섭게 진재영이 호들갑을

떨며 그의 온몸을 살폈다.

"괜찮아요. 이제 멀쩡해요."

걱정이 앞선 탓인지 온몸을 더듬는 손길이 거침이 없었다. 그대로 두었다가는 민망한 부분마저 검사할 기세라 그는 조심스럽게 그녀를 밀어냈다.

그렇게 밀려난 그녀가 뭐라 입을 열려다가 그의 시선이 이지원을 향해 있음을 깨닫고는 이내 입을 다물었다.

그가 나간 사이에 정신을 추슬렀는지, 찢겨지고 엉망이었던 옷차림을 단정하게 정리한 이지원이었지만 그새 퉁퉁 피딱지가 달라붙은 입술이며, 멍든 뺨을 보면 그녀가 얼마나 고초를 겪었는지 그대로 드러났다.

비록 그런 꼴이나마 어느 정도 평소의 모습을 되찾은 그녀가 말없이 그를 바라보았다. 장택근 역시 그 어떤 말조차 하지 않고, 그녀의 시선을 덤덤히 받아주었다.

그 흔들림 없는 모습에 마음이 약해진 것일까.

애써 평소의 모습을 연기하던 그녀가 어느새 눈물이 그렁그렁한 얼굴이 되었다.

"괜찮아요."

무엇이 괜찮다는 말일까. 밑도 끝도 없는 그의 말에 결국 그녀가 눈물을 쏟아내기 시작했다. 그가 조심스레 다가가 소리 없이 흐느끼는 그녀를 조심스럽게 품에 안고는 몇 번이고 괜찮다는 말을 되뇌었다.

그렇게 얼마나 시간이 흘렀을까.

가뜩이나 한계에 몰렸던 정신 상태가 장택근의 위로에 긴장이 풀린 모양인지 이지원은 어느새 잠에 빠져 들었다.

장택근은 그녀가 규칙적으로 숨을 내쉬는 것을 확인하고도 한참의 시간이 지난 뒤에야 그녀를 바닥에 눕혀 주었다.

손길 하나하나가 마치 깨지기 쉬운 유리 인형을 만지는 듯 조심스럽기만 했다.

"그간 고생들 하셨어요."

완전히 잠에 빠져든 이지원의 머리를 정리해 준 장택근이 이내 고개를 돌려 윤신애와 진재영을 바라보며 말했다.

"고생은 조감독님이 하셨죠."

방금 전까지 이지원과 함께 흐느끼던 윤신애가 고개를 도리질 치며 말했다. 눈자위와 코끝이 빨갛게 변한 그녀의 모습에 그가 따뜻한 미소를 지었다.

"택근 씨, 대체 어떻게 된 거야?"

그서 그가 깨어났나는 사실에 기뻐하는 윤신애와는 딜리 진재영은 이해할 수 없다는 듯한 표정이었다.

무려 3일이나 의식이 없던 사람이 갑자기 일어나 멀쩡하게 움직인다. 그간 식사도 제대로 하지 못했을 텐데, 조금도 영양실조의 기미도 보이지 않는 그의 모습은 오히려 자신들보다 생생했다.

그 모습을 이상하게 생각하지 않는 것이 오히려 더 어려웠다.

진재영의 물음에 장택근은 차분히 대답을 해 주었다.

전날 갑작스러운 오한에 정신을 차릴 수가 없었고, 그러고는 그대로 의식을 잃었다가 지금 깨어난 것이라며 마치 남 이야기를 하는 듯 그의 어조가 담담했다.

"그래? 지금은 어디 아픈 데 없고?"

궁금한 것이 많을 텐데도 불구하고 그녀는 이내 자신의 의문을 정리했다. 지금 중요한 것은 자신의 호기심을 푸는 것이 아니라, 그의 건강 상태라고 생각한 모양이다.

금세 의문을 접고 그를 걱정스레 바라보는 그녀의 눈빛이 따뜻했다. 방금 전까지 온갖 저주를 퍼부으며 남자들과 악다구니를 쓰던 그 여자가 맞나 싶을 정도로 다정한 모습이었다.

"네, 보시다시피 멀쩡해요. 그냥 오래 누워 있었더니 좀 찌뿌듯하네요."

그가 몸을 비틀며 너스레를 떨더니 이내 눈빛을 고쳐보였다.

"제가 정신을 잃고 며칠이나 지났죠?"

정색을 하고 묻는 그의 태도에 덩달아 자세를 고친 진재영이 3일이란 시간이 지났다 알려주니 그의 대답이 의미심장하기만 했다.

"다행이에요. 늦지 않아서."

알 수 없는 그의 말에 진재영은 고개를 갸웃거리곤 다시 물었다.

"보다시피 상황이 안 좋아. 지원이는 저 꼴이고 신애도 몸이 많이 약해졌어. 식량도 식수도 부족하고 남자들은 우리를 짐짝 취급해. 그나마 의사랍시고 나는 대우를 받았지만 지원이하고 신애가 고생을 많이 했어."

그녀의 말을 들은 장택근의 눈빛이 깊어졌다.

그 짤막한 말로 어디 그간의 고초를 설명할 수 있으랴.

그녀가 끝내 말하지 못하고 삼킨 이야기를 듣지 않고도 그는 마치 다 안다는 듯한 표정으로 그녀들을 따뜻하게 바라보았다.

"어떻게 할 거야?"

그 시선에 괜스레 코끝이 찡해진 진재영이 이내 서러운 감정을 떨쳐내며 그에게 물었다.

"대충 안에서 듣기에도 꽤나 거하게 일을 벌인 것 같던데. 뒷일 정도는 생각하고 저질렀을 거 아니야?"

그녀의 질문에 그가 미소를 지어 보였다.

"어쩌긴요. 악몽의 값을 받아내야지요."

또다시 알아들을 수 없는 말을 하는 그의 태도에 진재영이 다시 한 번 고개를 갸웃거렸다.

*　　　*　　　*

불침번을 제외하고는 모두가 잠든 시각, 누군가가 소리 없이 텐트의 커버를 열고는 모습을 드러냈다. 마치 누가 볼 새라 조심스럽게 걸음을 옮기던 그림자가 야영지의 안과 밖을 명확하게 나누는 빛과 어둠을 바라보았다.

미동도 없이 밀림의 어둠을 바라보는 그 모습이 당장에라도 어둠에 집어삼켜질 것만 같아 위태로워 보였다.

"잠이 안 와요?"

순간적으로 들려온 나직한 음성에 그림자, 이지원이 화들짝 놀라며 소리가 난 곳을 바라보았다.

"그쪽은 좀 위험해 보이는데요."

불빛이 닿지 않는 텐트의 아래에서 앉아 자신을 바라보는 장택근의 모습에 그녀가 그제야 안도의 한숨을 내쉰다.

"이쪽으로 와요. 밀림은 이지원 씨 생각보다 훨씬 위험해요."

손짓을 하며 그녀를 돌아오라 재촉하는데 이지원은 한참이나 짙게 어둠이 내리 깔린 밀림과, 그가 있는 곳을 번갈아 살펴보았다.

"어휴, 말 되게 안 들으시네."

결국 기다리다 못한 장택근이 몸을 일으키곤 그녀에게 다가왔다. 아직까지도 무표정한 얼굴로 밀림을 바라보는 그녀의 손목을 잡아 강제로 방금 전까지 자신이 있던 곳으로 이끌었다.

"앉아요."

그는 이번에도 기다릴 생각이 없었는지 말과 동시에 그녀를 끌어당겨 억지로 자신의 곁에 앉혔다.

그렇게 그녀를 곁에 앉힌 그는 희한하게도 아무런 말도 꺼내지 않았다. 뭔가 할 말이라도 있는 것처럼 그녀를 부르더니, 정작 곁에 앉히고는 말없이 하늘만 바라보았다.

이지원이 물끄러미 장택근을 바라보다가 그를 따라 하늘로 시선을 돌렸다.

새까만 장막이 끝없이 펼쳐진 하늘은 기이할 정도로 별빛하나 보이지 않았다. 첫날 보았던 쏟아질 것 같던 별무리는어디 갔는지 별빛 한 점 보이지 않는 새까만 어둠에 이지원이어깨를 움츠렸다.

"이상하죠? 별 하나 안 보여요."

한참 만에 침묵을 깬 그가 입을 열었다.

이지원은 그의 말에도 별다른 반응 없이 표정 없는 얼굴로하늘을 바라보았을 뿐이다. 그 얼굴이 꼭 영혼이 없는 인형처럼 보여 장택근은 저도 모르게 안쓰러운 마음이 들었다.

처음 보았을 때의 그 당당하고 도도한 모습은 어디 갔을까. 손만 대면 깨어질 것 같은 도자기 인형 같은 그녀의 모습에 그가 안타까운 표정을 떠올렸지만 이내 표정을 바꾸고는 담담한 얼굴을 해 보였다.

이지원은 여전히 밤하늘에 시선을 고정한 채로 미동도 하지 않았다.

"제가 깨어난 순간 가장 먼저 떠올린 생각이 뭔지 알아요?"

대답도 없는 그녀를 두고 그는 혼자서 이야기를 시작했다.

"너무 늦지 않아서 다행이다. 지금 깨어나서 다행이다."

알 수 없는 그의 읊조림이 계속해서 이어졌다.

"지독한 악몽을 꿨거든요. 게다가 그 악몽은 너무 길었어요. 그래서 깨어났을 때 나는 정말 너무 기뻤어요."

악몽이라는 말에 이지원의 눈동자가 슬며시 움직였다가 이내 원래의 자리로 돌아갔다.

"근데 그렇게 깨어났는데 꿈이 너무 길었었나 봐요. 현실이 오히려 꿈처럼 느껴졌어요. 게다가 당신과 다른 사람들을 다시 볼 수 있다니, 도저히 믿을 수가 없었어요."

정말로 꿈을 꾸는 듯한 얼굴을 한 그가 손을 내밀어 허공을 움켜쥘 듯 손바닥을 오므렸다.

"그런데 이게 현실이라니."

그의 음성이 꿈결을 걷는 것처럼 몽롱했다. 그렇게 잠시 허공을 움켜쥐고 있던 장택근이 이내 피식하고 웃었다.

"미안해요, 재미없죠?"

조금은 민망한지 입가에 매달린 미소가 멋쩍다.

어느 사이엔가 장택근의 이야기에 집중했던 모양인지 이지원이 그의 얼굴을 똑바로 바라보고 있었다.

아직까지 부기가 남아 엉망인 얼굴이었지만 어둠이 짙게 깔린 덕에 아까보다는 한결 편안해 보이는 얼굴이다.

장택근은 그녀의 얼굴을 잠시 바라보다 다시 활짝 웃어보였다.

"잘했어요, 힘껏 저항해 줘서. 그리고 고마워요, 잘 버텨 줘서."

기이한 울림을 담은 그의 말에 이지원이 저도 모르게 몸을 떨다가 이내 질끈 눈을 감았다. 장택근이 그런 그녀의 머리를 부드럽게 쓰다듬어 주고는 등을 떠밀었다.

"들어가요, 내일은 바쁠 거예요. 조금이라도 더 자둬요."

이지원이 말없이 자리에서 일어나 텐트의 커버를 밀쳤다. 믹 텐트 안으로 들어서려던 그녀가 무언가를 말하려는지 입을 오물거리다가 닫기를 몇 번이나 하다가는 결국 아무런 말도 하지 않고 텐트 속으로 들어갔다.

장택근은 그녀가 텐트 속으로 들어가는 것을 보고는 이내 고개를 돌렸다. 그러고는 허공을 향해 손을 내밀었다. 불쑥

내밀어진 손바닥에 태양의 형상을 한 문양이 희미하게 빛을
발했다.

*   *   *

차동수는 인상을 잔뜩 찌푸렸다. 마치 자신의 귀를 의심하
는 듯한 표정으로 귀를 후벼 판 그가 상대를 바라보며 턱을
치켜들었다.

"잘 못 알아들었나 봅니다. 다시 말씀드릴게요."

장택근이 그런 차동수를 향해 덤덤하게 말했다.

"저희는 따로 행동하겠습니다."

너무도 아무렇지도 않게 말하는 장택근을 보며 남자들은
황당하다는 표정을 지어 보였다.

지금이 자신이 있는 곳이 어디인가.

이곳은 주말이면 찾아가 기를 쓰고 올라서 '야호' 한 번 외
치고 내려오는 동네 뒷산이 아니다. 맹수와 독충, 그리고 또
어떤 위협이 도사리고 있을지 모르는 밀림 속이다. 그것도 무
려 '아마존'이다. 그런데 이런 위험한 곳에서 따로 행동을 하
겠다니, 그것도 여자들만 데리고 가겠다고 한다. 정말 제정신
으로 하는 말인지 의심이 갈 지경이다.

3일 만에 깨어난 탓에 정신이 어떻게 된 것은 아닐까 사람

들이 심각하게 고민하는데 차동수가 코웃음을 치며 이죽거렸다.

"첫째 날은 재규어를 봤고, 둘째 날은 아나콘다를 만났지. 그 뒤로는 운이 좋게도 아무런 일도 없었지만 그 운이 과연 어디까지 갈까……."

그 악담에 가까운 비아냥거림에도 장택근은 흔들림 없이 이야기했다.

"그건 저희가 알아서 할 일이지요."

따지고 보면 그의 말도 틀린 말은 아니었다.

이 거대한 밀림 어디에서 그들이 죽어 나자빠지든 말든 간에 차동수가 상관할 바는 아니었다. 하지만 그들이 나가고 나면 일행의 수가 부쩍 주는지라 부담을 느낀 모양이었다. 다른 남자들도 생각이 다르지 않았는지 나윤섭이 곁에서 끼어들었다.

"뭉치면 살고 흩어지면 죽는다. 몰라? 같이 붙어 다녀도 어떻게 될지 모르는 마당에 생각이 그렇게 없어? 여기가 어딘 줄 일고 그딴 망발이야, 망발이."

장택근은 나윤섭의 말에 눈썹 하나 까딱하지 않았다. 그저 강렬한 시선으로 차동수를 노려보았을 뿐이다.

"안 돼, 위험해서 안 돼. 그렇게 따로 떨어졌다가 무슨 일을 당하려고."

차동수의 말에 담긴 의지가 단호하기만 했다.

하지만 장택근은 그런 그의 반대 따위는 염두에 두지 않았다는 듯한 태도로 말했다.

"뭐, 허락을 받자고 온 건 아닙니다. 그간 같은 일행이었던 정리가 있으니 알려 드리려고 왔을 뿐이에요."

숨김없는 적의가 그대로 드러나는 말투라, 차동수가 인상을 찌푸렸다.

이제껏 여자들을 짐짝 취급했지만, 막상 장택근이 그들을 데리고 떠난다고 하니 무언가 아쉬운 모양이었다. 눈동자를 굴리며 잠시 생각을 하던 그가 고개를 저었다.

"안 돼. 이미 한 번 쪼개진 일행이야. 다시 또 쪼개서 좋을 게 없어."

정론에 가까운 말이다. 온갖 위험이 도사리고 있는 이 아마존의 정글에서 일행을 나누다니 미친 짓이었다. 언제 무슨 일이 어떻게 생길지 아무도 모르는 상황이라 그나마 일행의 수라도 넉넉해야 안심이 될 텐데, 장택근과 여자들이 빠지면 일행은 불과 다섯 명밖에 남지 않는다. 게다가 그중 손보석은 어제의 불미스러운 사건으로 인해 자리에서 일어나지도 못하고 있었다.

"말이 잘 안 통하시네요. 아니면 제 말을 듣기 싫은 겁니까? 벌써 세 번이나 말했습니다. 저희는 저희 길을 가도록 하겠습니다. 허락을 받으러 온 것도 아닙니다."

몇 번이라도 같은 말을 하는 그의 모습에 차동수가 관자놀이를 꾹꾹 짓눌렀다. 아무래도 의견을 쉽게 굽히지 않을 것 같으니, 설득할 말을 찾는 모양이다.

"이미 여자분들은 결정을 내렸고, 저는 그저 알려 드리러 왔을 뿐이니 쓸데없는 입씨름은 하지 말았으면 합니다."

결국 차동수가 더는 그를 설득하기 힘들겠다 싶었는지 고개를 절레절레 흔들었다.

"무슨 말인지는 알겠는데. 다른 사람은 몰라도 진 선생만큼은 안 돼."

결국 장택근의 의견에 수긍을 했지만 진재영만큼은 포기할 수 없다는 태도였다. 그도 그럴 것이 이 험난한 오지에서 몸이 상하면 믿을 것은 그녀밖에 없었다. 당장 장택근만 해도 진재영의 응급처치 덕을 보지 않았던가.

미리 예상했던 것과 차동수의 태도가 전혀 다르지 않자 장택근은 그만 실소를 내뱉었다. 그게 또 보는 사람 입장에서는 비웃음처럼 보이는지라 차동수를 비롯한 남자들의 얼굴에 화가 난 기색이 떠올랐다.

"그렇게 말씀하실 줄 알았지요. 하지만 어쩌겠습니까, 그녀들은 이미 떠나고 없습니다. 그러니 이제 와서 진 선생님을 두고 왈가왈부해 봐야 변하는 것은 없어요."

그 말에 차동수가 벌떡 일어나 여자들이 있던 텐트를 향해 달려갔다. 텐트의 커버를 단숨에 걷어내니, 과연 장택근의 말처럼 텐트 안에는 사람 그림자는커녕 무엇 하나 남아 있지 않았다.

여자들이 이미 떠나고 없음을 확인한 차동수가 잔뜩 붉어진 얼굴로 돌아와 장택근을 노려보았다. 당장에라도 달려들 것만 같은 기세였지만 장택근은 너무도 여유로운 표정으로 시선을 마주했다.

그 기이할 정도로 담대한 태도에 알 수 없는 위압감을 느낀 그가 결국 분노를 풀어낼 다른 방향을 찾았다.

"마지막으로 아침에 불침번 선 사람이 누구야!"

잔뜩 화가 난 그의 음성에 사람들이 쭈뼛거리다가 나윤섭을 가리키자, 찔끔한 표정을 해 보인 나윤섭이 변명처럼 말했다.

"아니, 난 정말 못 봤다니까. 내가 불침번을 설 때 간 게 아닌 모양인데."

그럼 이 위험한 밀림 속에서 야반도주라도 했다는 말인가. 들으면 들을수록 말도 안 되는 변명이라 차동수가 사나운 표정으로 그를 질책했다.

상황이 제 입맛대로 굴러가지 않자 금방 자기들끼리 툭탁거리는 남자들의 모습에 장택근은 역시나 하는 표정을 지어 보였다.

"그럼 이만 가볼게요. 다음에 볼 때는 그곳이 부디 서울이 었으면 좋겠네요."

정중하게 인사를 해오는 모습이 도리어 자신을 놀리는 것 같아 차동수는 나윤섭을 핍박했다. 작별을 고하고 몸을 돌리려던 장택근을 차동수의 음성이 붙잡았다.

"장택근!"

그 사나운 음성에 그저 고개만 살짝 돌린 장택근이 차동수의 눈을 똑바로 노려보았다.

"정말 이런 식으로 나올 거야? 네가 혼자서 세 명이나 되는 여자를 지켜줄 수 있을 것 같아?"

차동수의 말이 기가 차는지, 그는 결국 웃음을 터뜨렸다.

"그럼 여기 있으면 안전하답니까? 당장 어제만 해도 지원 씨가 무슨 일을 당했는지 잊으셨어요?"

자신들이 저지른 일은 아니었지만 아무래도 손보석을 두둔했던 기억이 있는지라 남자들이 이내 꿀 먹은 벙어리가 되었다.

"그런데 누굴 지켜요? 말이 되는 소리를 하시죠. 여기 있다가는 언제 또 무슨 일을 당할지 모르는데 당신 같으면 여기 있고 싶겠어요?"

어차피 헤어지는 마당이라 그런 것인지 그의 말에 거침이 없었다.

"적어도 저는 당신들처럼 여자들을 짐짝 취급은 안 할 거고, 또 그런 개만도 못한 짓도 안 할 겁니다."

그 말에 차동수마저도 대답할 말을 찾지 못했다.

그 사이에 장택근이 자신과 여자들이 쓰던 텐트를 능숙한 동작으로 해체했다. 그러고는 뒤도 돌아보지 않고 밀림 속으로 사라졌다.

남은 사내들은 그저 망연자실하게 그가 떠나간 자리를 바라볼 뿐이었다.

＊　　　＊　　　＊

그렇게 남자 일행에게서 벗어난 장택근은 어딘가로 바쁘게 걸음을 옮기기 시작했다.

정글도도 없이 수풀과 넝쿨 따위가 무성한 밀림을 가로지르는 그의 걸음이 전에 없이 경쾌하다. 이따금씩 멈춰 서 방향을 가늠하고는 이내 다시 걸음을 옮기는데 그 모습이 꼭 밀림에 익숙한 사람처럼 보였다.

그는 어두컴컴한 밀림을 쉴 틈 없이 이동하고, 가로질렀다. 걷다가 멈추고, 다시 또 걷기를 얼마나 했을까.

동편 하늘에 걸려 있던 태양이 어느 사이엔가 저 높이 떠올라 있었다.

그제야 장택근의 걸음걸이가 느려졌다. 목적지에 거의 도착했는지 주변을 두리번거리는 모습이 꼭 무언가를 찾는 모양새였다. 한참이나 바닥을 샅샅이 뒤지며 정체불명의 무언가를 수색하기 시작했다.

울창한 수풀을 이리저리 헤매며 다니던 장택근이 일순간 몸을 깊게 숙이며 바닥에 떨어진 기다란 막대와도 같은 그것을 집어 들었다. 그 일련의 동작은 처음부터 그곳에 무언가 있었다는 듯을 알고 있었던 것처럼 자연스럽기만 했다.

그렇게 고개를 숙였다 일으킨 장택근의 손에는 붉은 얼룩이 군데군데 묻은 엽총이 들려 있었다.

검붉게 말라붙은 자국과 이리저리 그어진 발톱 자국이 섬뜩했지만 개의치 않았다. 아무렇지도 않게 엽총의 상태를 확인해 본 그는 이내 만족한 얼굴을 하고는 엽총의 멜빵을 어깨로 두르고 다시 밀림을 뒤지기 시작했다.

중간중간에 옷가지로 보이는 천 조각과 알 수 없는 고기 조각들이 여기저기 흩어져 있는 것이 보였다. 누가 말해 주지 않아도 이 자리에서 있었던 참혹한 해프닝을 심삭할 수 있게 해주는 끔찍한 광경이었다.

당장에라도 벗어나고 싶을 만큼 공포스러운 광경이었지만 그는 시큰둥한 얼굴로 여전히 주변을 탐색하는 데 열을 올렸을 뿐이었다.

그렇게 밀림을 뒤진 그가 한쪽 멜빵이 끊어진 배낭을 발견했다. 그가 환호라도 지르고 싶은 얼굴을 꾹 눌러 참고는 배낭을 열어 내용물을 확인했다.

식량과 약간의 의료품, 그리고 나이프나 각종 유용한 도구가 한가득이다. 마치 노다지라도 찾은 듯한 기분이었지만 배낭에도 군데군데 묻어 있는 핏자국 때문에 마냥 좋아할 수만도 없었다.

그는 배낭의 앞주머니를 열었다. 둔탁한 모양새의 무전기가 턱하니 모습을 드러냈다. 꺼내 들고는 이리저리 살펴보니 망가진 곳도 없고, 충전도 충분히 된 상태였다. 그는 익숙한 동작으로 무전기를 조작해 전원을 오프시켰다.

왜 익숙하지 않겠는가.

이 무전기를 구하느라 얼마나 용산의 전자 상가를 헤매고 다녔었는데.

무전기는 장택근이 아마존의 촬영을 대비해 직접 발로 뛰며 평을 듣고 구매한 고성능의 것이었다. 모르려야 모를 수가 없는 물건이다.

게다가 촬영팀 A, 촬영팀 B라고 쓰어 있기까지 한데 알아보지 못하면 바보나 다름없을 것이다.

그렇다면 이 무전기가 왜 이런 곳에서 발견되었을까. 아무래도 이 배낭은 그날 촬영팀을 버리고 떠난 현지 안내인 중

한 명의 것인 모양이다. 왜 배낭이 이런 곳에 떨어져 있는지, 또 배낭의 주인이 어찌 되었는지는 여기저기 얼룩져 있는 검붉은 자국을 보면 짐작할 수 있었다.

그는 고개를 절레절레 내저었다가 이내 배낭의 또 다른 주머니를 열어보았다.

"……!"

이제까지의 침착한 태도와는 달리 조금은 거친 손놀림으로 꺼내 든 네모난 전자기기를 바라보는 그의 눈빛이 잔뜩 떨리고 있었다.

마치 휴대폰과도 같은 모양새를 한 전자 기기의 스위치를 켠 그가 눈 한 번 깜짝이지 않고 화면을 노려보았다.

다행스럽게도 고장 나지는 않은 모양인지 액정은 정상적으로 작동했다.

'GPS NAVIGATION SYSTEM LOADING……'

화면에는 이런 문구가 선명하게 떠올라 있었다.

9장

GPS

"왔다!"

진재영이 반색을 하며 소리쳤다. 그녀가 그렇게 외치니 윤신애가 당장에 기쁜 낯을 하고는 달려가 장택근을 반겼다.

"조감독님!"

불과 몇 시간 벌어졌을 뿐인데, 상황이 상황인지라 흡사 몇 달 만에 만나는 연인이라도 되는 양 반겨주는 그녀의 태도가 살가웠다.

"왜 이렇게 늦었어요? 오래 안 걸린다면서."

진재영이 그렇게 물으니 장택근이 어깨에 짊어 멘 배낭을 들어 보였다.

"오는 길에 이걸 발견했는데 혹시 뭐라도 더 얻을 수 있나 해서 주변을 살펴보다 왔어요."

그렇게 말하며 배낭을 열어보였다.

"우와! 이게 뭐야! 라면이잖아!"

진재영이 가장 먼저 달려들어 내용물을 뒤적거리다가 익숙한 디자인의 빨간 봉지 몇 개를 꺼내 들고는 아이처럼 소리쳤다.

윤신애 역시 제가 좋아하는 간식거리 하나를 꺼내 들고는 신나서 배낭을 뒤적거렸다.

"대체 이런 걸 어디서 가져온 거야? 혹시 남자들이 숨겨두고 있던 거 뺏어 온 거야?"

진재영이 생각도 하지 못했던 선물 보따리를 열어본 소녀처럼 들뜬 음성으로 물었다.

그녀의 그 밝은 음성에 장택근은 미소를 지었다.

서울에 있었다면 얼마든지 구할 수 있는 인스턴트식품을 보고 저렇게 기뻐하니, 애써 먼 길을 돌아오면서까지 배낭을 찾아온 보람이 있었다.

"근데 그건 뭐야? 그거 총 아니야?"

뒤늦게 장택근이 어깨 뒤로 멘 엽총을 발견하고는 진재영이 눈을 휘둥그레지게 떴다. 배낭을 보고 들떴을 때와는 달리 그녀가 진지한 얼굴로 다시 되물었다.

"설마 이것도 배낭을 찾으면서 주웠다고는 하지 않겠지?"

그렇게 묻는 그녀의 태도가 조심스러웠다. 장택근은 그저 말없이 고개를 끄덕여 주었는데 그 모습을 본 진재영의 얼굴이 급격하게 어두워졌다.

"오… 맙소사……."

마치 신음과도 같은 한마디에 윤신애가 의아한 얼굴로 그녀와 장택근을 번갈아 바라보았다.

"왜요? 총 있으면 좋은 거 아니에요? 저 총으로 사냥도 하고, 막 달려드는 동물들도 막아낼 수 있잖아요."

순진하기만 한 그녀의 말에 진재영은 아무런 대답도 하지 않았다. 그저 거친 손놀림으로 배낭을 이리저리 뒤집어보더니 배낭 한편에 묻은 검붉은 얼룩을 발견하고는 흠칫 손을 멈췄다.

"택근 씨. 이거 설마……."

*   *   *

아무래도 대략적인 상황을 눈치챈 모양이다.

"장난 아니네. 정말."

그녀의 대답에 두려움이 담겨 있어 결국 궁금함을 참지 못한 윤신애가 물었다.

진재영이 윤신애를 바라보며 고개를 절레절레 흔들어 보였다.

"이거, 그날 우리를 버리고 도망쳤던 안내인들 거야."

한국산 라면과 간식거리가 들어 있는 배낭은 검붉은 자국으로 얼룩져 있었고, 장택근이 어깨에 멘 총은 눈에 익었다. 혹시나 하는 의문이 확신이 되자 그녀는 어두운 얼굴로 한숨을 내쉬었다.

"그 사람들 배낭을 왜 조감독님이……."

아직까지 사태 파악을 하지 못해 고개를 갸웃거리던 윤신애가 순간 말을 멈추더니 눈을 동그랗게 떴다.

뒤늦게 정황을 파악했는지 얼굴이 창백하게 변했다. 진재영이 그런 그녀에게 배낭에 묻은 핏자국을 보여주었다.

"맞아. 그 사람들 아무래도……."

안락한 삶에 익숙해진 현대인에게 죽음이란 너무도 먼 이야기였던 모양이다. 차마 뒷말을 꺼내지 못하고는 끝내 우물거리다 씹어 삼켜 버린다.

"우리, 살아 돌아갈 수 있을까."

눈이 마주치는 것만으로도 다리에 힘이 풀리던 검은 재규어, 그런 맹수마저도 아무렇지도 않게 사냥했던 안내인들이다. 그렇게나 밀림에 익숙했던 사냥꾼들마저 살아서 돌아가지 못했다니 이제 와서 새삼 두려움이 든 모양이었다.

라면과 인스턴트식품으로 한껏 들떠 있던 그녀들의 분위기가 순식간에 가라앉았다. 그리고 자기도 모르는 사이에 주변을 둘러보며 어깨를 움츠리는 것이, 사나운 사냥꾼들마저 삼켜 버린 숲에 질려 버린 기색이었다.

"걱정 말아요. 우린 꼭 돌아갈 거예요."

공포에 집어삼켜진 여자들의 눈을 하나하나 마주친 그가 말했다. 그냥 하는 말이라고 하기에는 너무도 확신에 찬 어조라 진재영과 윤신애가 저도 모르게 고개를 끄덕이며 조금은 얼굴빛이 나아졌다.

잠깐의 소란을 뒤로하고, 그녀들은 장택근에게 짐을 건네받아 정리하기 시작했다. 아무래도 이곳에 얼마나 머물지를 모르니 장택근이 오고 나서야 짐을 풀 수 있었던 모양이다. 얼마 되지 않는 짐이지만 먼저 와서 쌓아두었던 짐이 있었던 터라, 부지런히 정리를 해야 해가 지기 전에 끝날 것 같았다.

장택근은 부산을 떠는 그녀들을 바라보다가 이내 시선을 돌려 주변을 살펴보있다.

널따란 공터는 그들이 전날까지 머물렀던 야영지보다 배는 컸고, 바닥도 제법 평평했다. 게다가 공터의 반 이상을 둘러싼 꽤 높다란 절벽 덕에 바깥에서는 안쪽을 살피기가 쉽지 않은 모양새였다. 바꿔 말하면 외부로 드러난 면적이 넓지 않아, 경계를 하거나 방어를 하기에 용이했다.

비록 배산임수까지는 아니어도 이 정도면 그들이 머물기에 손색이 없을 것 같았다.

"따뚜는요?"

그 말에 짐을 정리하느라 한창 정신이 없던 진재영이 고개도 돌리지 않은 채 손을 내밀어 절벽의 한 귀퉁이를 가리켰다.

그 손끝을 따라 시선을 옮긴 장택근은 순간 눈을 크게 뜨며 놀란 표정을 지어 보였다. 수풀 따위로 가려져 멀지 않은 거리임에도 제대로 보이지 않는 동굴을 그제야 발견한 탓이었다.

작정하고 만들어도 만들기 힘든 조건이다. 그런데 이런 곳이 자연적으로 만들어져 있었다니 놀라지 않을 수가 없었다.

더 이상 완벽할 수 없는 야영지의 조건에 그는 진심으로 감탄했다. 잘도 이런 곳을 발견해 낸 따뚜가 기특할 지경이다.

마침 동굴에서 나온 따뚜가 그를 보며 밝은 미소를 지어 보였다. 장택근 역시 그를 꺼리던 과거의 모습과는 달리 마주 미소를 지어 보이며 손을 흔들었다.

그렇게 그들은 새로운 보금자리에 자리를 잡았다.

*   *   *

"당분간은 여기서 지내야 할 것 같아요."

구석진 곳에서 몸을 웅크리고 잠을 자는 이지원을 제외한 여자들이 그의 말에 고개를 끄덕였다. 표정에 수많은 의문이 떠올라 있었지만 딱히 토를 달거나 하며 장택근의 말에 딴죽을 거는 사람은 없었다.

불과 며칠 되지도 않은 시간 동안 장택근에 대한 신뢰가 꽤나 깊어진 모양이었다.

다른 남자들이 못난 모습을 보일수록 상대적으로 그에 대한 평가가 후할 수밖에 없었기도 했고, 항상 일관된 모습을 보여온 그를 이제는 완전히 신뢰하는 기색이었다.

한 번 생명을 구원받은 윤신애는 말할 것도 없고, 이지원에 관련된 상황을 수습하는 과정이 꽤나 마음에 들었던 모양인지 진재영 역시 그를 바라보는 눈빛에 흔들림이 없었다.

그 덕에 지금 장택근이 한 말에도 그녀들은 혼란스러움을 느끼면서도 굳이 나서서 소란을 떨지 않을 수 있었다.

"우리가 실종된 걸 사람들이 아는지 확실치도 않고. 설령 알았다 해도 이 넓은 아마존에서 우리를 쉽게 찾을 수 있을 것 같지는 않아요. 마냥 구조만 기다리다가는 죽도 밥도 안 될 거예요."

준비한 말처럼 쏟아내는 그의 말이 청산유수다. 비록 꺼내는 말마다 절망적인 소식들뿐이었지만 그의 어조에 자신감이 가득 차 있어 왠지 모르게 듣는 사람조차 덤덤하게 들릴 지경이었다.

"그러니까 당분간은 이곳에서 생활하며 벗어날 방법을 찾아봅시다."

쉽지는 않을 것이다.

이제껏 도시 속의 물질적 풍요에서 살아왔던 그들에게는 지나치게 혹독한 환경이다. 몸을 숨길 은신처야 운 좋게 찾았다고 하지만, 당장 마실 것과 먹을 것을 걱정해야 할 상황이었다. 게다가 언제 어떻게 달려들지 모르는 밀림 속의 맹수들은 언제나 그들을 불안하게 만들 것이다.

하지만 장택근의 목소리는 그 모든 상황 속에서도 흔들림이 없었다.

"식량과 식수는 나하고 따뚜가 어떻게든 구해볼게요. 그 외에도 할 일이 많겠지만, 서로 도와가며 하다 보면 어떻게든 될 겁니다."

믿음직스러운 모습에 여자들이 멋도 모르고 고개를 끄덕였다.

"고생스러울 거예요. 가끔은 정말 죽고 싶을 만큼 힘이 들 수도 있어요."

아무 생각 없이 그의 말을 듣고 있던 여자들이 흠칫 몸을 떨었다. 그의 말이 절대 과장처럼 들리지 않았던 모양이다.

그런 그녀들의 모습을 보며 장택근이 어두운 얼굴을 하며 조심스럽게 물었다.

"그래도 견딜 수 있겠어요?"

그의 질문에 잠깐 말문이 막힌 모양인지 윤신애와 진재영이 서로를 바라보았다.

"방법이 없잖아. 견뎌봐야지."

먼저 각오를 다진 진재영이 당차게 말했다.

아직까지 불안이 남은 표정이었지만 말을 하는 어조만큼은 단호했다. 윤신애가 곧 그녀를 따라 반드시 견뎌보겠다며 당찬 얼굴을 해 보였다.

밀림의 위험 따위는 그 100분지 1조차 겪어보지도 못했고, 그 혹독함을 전혀 모르는 여자들의 다짐이었지만 장택근은 만족했다.

당장 그녀들이 아는 것이 없다 해도, 또 할 수 있는 것이 없다 해도 시간이 지나면 모든 것이 자리를 잡을 것이다. 그 이전까지는 힘들더라도 자신이 그녀들을 이끌 것이다. 반드시 살아남게 만들 것이다. 기어코 살아 돌아가서 반드시 지옥과도 같았던 악몽을 털어낼 것이다.

혼자만의 각오를 다진 그가 다시 한 번 그 굳센 의지를 드러냈다.

"그래요. 견디면 돼요. 견디고 견디다 보면 우리는 살아 돌아갈 수 있을 거예요."

서로의 각오를 들으며 다시 한 번 결의를 다진다.

눈빛과 눈빛을 통해 끈끈한 유대감이 생겨난다. 비록 무엇 하나 낙관할 수 없는 절망적인 상황이지만 그래도 서로를 바라보며 용기정도는 얻을 수 있었다.

그렇게 한참이나 서로를 바라보던 장택근과 여자들이 이내 민망함이 들었는지 이내 서로에게서 시선을 거뒀다.

그게 또 우스꽝스러워 그가 미소를 짓다가, 뭔가 생각난 것이 있는지 자리에서 일어났다.

"자, 우선 이걸 가지고 있어요. 이곳을 벗어나는 사람은 무조건 이 중 하나를 들고 가는 겁니다."

장택근이 배낭에서 무전기를 꺼내 들었다. 시범 삼아 무전기를 조작해 보이며 간단한 작동 방법을 설명해 주었다. 애초부터 어려울 것 없는 무전기의 사용법이라 그녀들은 금세 조작에 익숙해질 수 있었다.

"평소에는 배터리를 아껴야 하니 꺼둘게요. 서로 떨어질 일이 있을 때만 켜두도록 하는 걸로 해요."

그의 말에 그녀들이 고개를 끄덕였다.

그런데 갑자기 진재영이 벌떡 일어나며 장택근에게 달려들었다. 아니, 정확하게 말하자면 장택근이 곁에 둔 배낭을 향해 달려들었다.

"진 선생님?"

그녀의 돌방행동에 놀란 윤신애가 그녀를 부르는데 그녀는 그 말을 들은 척도 하지 않고는 배낭을 뒤적거렸다.

"진 선생님, 뭐 하세요?"

그 모습이 꼭 미친 사람처럼 필사적이었던지라 장택근이 그녀를 잡으며 묻자, 그녀가 비명처럼 소리쳤다.

"GPS! GPS!"

반복적으로 그렇게 외친 그녀가 배낭을 뒤지느라 난리법석을 떨었다.

"GPS! 무전기랑 같이 현지 안내인들이 빼앗아 갔다며! 그럼 여기 GPS도 있었을 거 아니야!"

그녀의 말에 윤신애가 눈을 크게 뜨며 자리에서 벌떡 일어났다. 그렇게 그녀까지 합세해서 배낭을 뒤졌지만 처음부터 몇 개 되지 않는 주머니에 텅텅 빈 배낭이다. 그토록 애타게 찾던 GPS가 배낭 속에 들어 있지 않자 진재영이 장택근에게 물었다.

"택근 씨! 여기 GPS 있지 않았어? 아니면 이 배낭을 주운 곳에 떨어져 있었다거나!"

그녀의 생각지도 못한 질문에 장택근은 깨어난 이후 처음으로 당황한 모습을 보여 버렸다. 평소와는 달리 우물쭈물거리며 대답을 하지 못하는 그의 태도가 수상했지만 그녀는 아무런 기색도 눈치채지 못하고 다시 한 번 그를 채근했다.

"우리 그것만 찾으면 돌아갈 수 있어!"

그녀의 말에도 여전히 장택근은 아무런 대답도 하지 않았다.

*   *   *

GPS만 있으면 살아 돌아갈 수 있다는 확신이라도 있는지 그녀의 눈에 기이한 열망이 소용돌이쳤다. 붉게 달아오른 얼굴로 장택근을 재촉하는데 그 모습이 흡사 미친 사람 같았다.

그간 내색하지는 않았어도 마음고생이 심했던 모양이다. 필사적으로 그에게 매달리며 GPS를 찾는 그녀의 모습이 이질적으로 보일 지경이었다.

"진 선생님……."

난감한 표정을 한 장택근이 그녀를 살며시 밀어내는데 열기로 이글거리던 그녀의 눈동자가 조금씩 원래의 빛을 찾아간다.

"택근 씨, 왜?"

뒤늦게 그의 태도가 미심쩍다는 사실을 깨달은 그녀가 의문을 표했다. 그런 그녀의 질문에 그는 한숨을 내쉬고는 인상을 찌푸렸다.

생소한 표정이었다. 그녀들에게 있어 그는 항상 한결같은 사람이었는데 지금의 그는 무언가를 숨기는 듯한 기색이었다.

불편한 침묵이 그들 사이로 내려앉았다. 눈을 크게 뜬 채 진재영과 장택근을 번갈아 살피며 눈치를 보는 윤신애가 침묵이 부담스러워 무슨 말이라도 꺼내보려 노력했지만 그저 입만 빵긋 거리다가 도로 입을 다물 뿐이었다.

결국 그 침묵을 먼저 깬 것은 장택근이었다.

"여기 있어요."

바지 무릎 부근에 달린 주머니에서 휴대폰을 닮은 그것을 꺼내 든 그가 진재영에게 손을 내밀었다. 그녀가 그의 손에 쥐어진 조그만 기계를 보고는 반색을 했다.

"있었네! 깜짝 놀랐잖아! 뭘 그리 뜸을 들여!"

안도의 한숨을 내쉬며 너스레를 떠는데 그의 손이 여전히 GPS를 움켜쥐고 있었다. 그녀가 의아한 표정으로 그의 손에 쥐어진 GPS를 건네받으려 했지만 그는 여전히 속을 알 수 없는 표정을 한 채, 손아귀의 힘을 풀지 않았다.

"뭐 하는 거야."

조금은 짜증이 난 듯한 그녀의 음성에 장택근이 잠시 시선을 마주하다가는 이내 손아귀의 힘을 풀었다.

진재영이 그세 그걸 느꼈는지 GPS를 낚아채고는 허겁지겁 전원을 켰다.

화면에 불이 들어오고,

'GPS NAVIGATION SYSTEM LOADING…….'

이라는 문구가 나타났다.

진재영과 윤신애가 뺨을 맞댈 듯한 기세로 딱 붙어 화면을 노려보았다.

띠링.

청명한 소리와 함께 로딩 문구가 사라지고 지구본 모양의 형상이 화면에 나타났다가 이내 사라졌다. 그리고 그녀들이 그토록 고대하던 지형 안내 화면이 나왔지만.

"어?"

누가 먼저랄 것도 없이 두 명의 여인이 동시에 얼떨떨한 소리를 냈다. 여전히 화면에서 눈을 떼지 못한 그녀들이 잠시 더 그대로 있다가 고개를 갸웃거렸다.

"오작동인가?"

"고장 난 거 아니에요?"

일시적인 오류인가 생각한 그녀들이 다시 GPS의 전원을 껐다 켜보았지만 결과는 같았다.

화면이 정신없이 무언가를 비추는데 그 속도가 너무 빨라 어두운 동굴 안에 마치 사이키 조명이라도 켜진 모양새다.

"택근 씨, 이거 아무래도 고장 난 것 같은데?"

진재영이 울상을 지으며 말했다. GPS의 화면은 어딘가에 고정되지 않고 이곳저곳을 가리키고 있었다. 때로는 아프리카의 중앙을 가리키기도 하고, 때로는 유럽의 어딘가를 가리키기도 했다. 중구난방으로 온 사방을 가리키는 GPS를 본 장택근이 한숨을 내쉬었다.

그라고 왜 모르겠는가. 그녀들보다 앞서 확인을 해본 것을.

"그거 어떻게 고칠 방법 없나? 택근 씨보고 고쳐 보라고 하는 건 무리겠지?"

혹시나 하는 마음에 물어본 것인지, 저 스스로 이내 무리라고 단정 짓고는 고개를 젓는 모습이 과장스럽다. 아무래도 GPS가 제대로 작동하지 않자 실망이 이만저만이 아닌 모양이다.

"진짜 미치겠네. 이것만 되면 우리 돌아갈 수 있는 거 아냐?"

미련이 남는지 몇 번이나 GPS의 전원을 껐다 켜보지만, 보이는 것은 여전히 정신없이 온 세계를 가리키는 화면뿐이었다. 그녀가 낙담한 얼굴로 GPS를 장택근에게 내밀었다.

GPS를 받아 든 장택근이 잠시 화면을 바라보다가 이내 배낭의 주머니에 GPS를 쑤셔 넣었다.

*   *   *

잠자리가 익숙하지 않은 탓일까, 그도 아니면 GPS에 대한 미련이 남아서일까. 진재영은 도통 잠을 못 이루고 침낭 속에서 꼬물거리며 한숨을 내쉬기를 거듭했다.

따뚜를 따라 먼 길을 오느라 피로가 쌓였을 텐데도 그녀는 잠을 이루지 못하고 있었다.

"잠이 안 와요?"

불가에 앉아 있던 장택근이 그런 그녀를 보고는 말을 건넸다. 그의 말에 그녀가 끄응 하는 신음 소리를 내고는 잠시 몸을 꿈틀댔다. 애벌레가 허물을 벗듯이 침낭 속을 빠져나온 그녀가 터덜거리는 걸음으로 불가에 앉았다.

"그러게, 미치겠네. 몸은 피곤한데 잠이 안 오네."

잔뜩 잠긴 목소리로 그렇게 말하는 게 확실히 피로가 쌓인 기색이었는데 잠을 자지 못하니 괴로운 모양이었다.

"그래도 누워 있다 보면 잠이 올 텐데 좀 더 누워 있지 그래요?"

장택근의 말에 그녀가 고개를 저었다.

"그러는 택근 씨야말로 안 피곤해요? 어제도 밤샜잖아."

그녀의 염려 섞인 질문에 장택근이 피식하고 실웃음을 지으며 대답했다.

"3일이나 잤으면 잠이 안 올 만도 하지 않아요?"

그 되도 않을 농담에 진재영이 눈을 크게 뜨며 이걸 어떻게 맞춰 줘야 하나, 고민하는 표정을 지어 보였다. 그 모습이 우스워 장택근이 작게 소리 내어 웃었다.

"그렇게 웃을 줄도 알아요?"

진재영이 눈을 동그랗게 뜨며 말했다. 그녀는 장택근의 얼굴을 신기하다는 듯이 바라보며 얼굴을 바짝 들이댔다.

"뭐가요?"

갑작스레 가까워진 그녀의 얼굴에 화들짝 놀란 그가 몸을 뒤로하는데 그가 물러나는 만큼 그녀가 더 가까이 얼굴을 들이댔다. 숨결마저 느껴질 정도의 지근거리라 장택근은 저도 모르게 얼굴을 돌려 시선을 피하고 말았다.

"아니, 맨날 심각한 얼굴 아니면 뭔가 되게 어른스러운 얼굴 하고 있었잖아."

무신경한 건지, 아니면 알고도 모르는 척하는 건지, 그녀는 장택근의 태도에도 아랑곳하지 않았다.

그러고 보면 침낭에서 막 빠져나온 탓에 그녀의 옷차림이 가관도 아니었다. 이게 속옷인지 아니면 바지인지 알 수 없을 정도로 짧은 핫팬츠와 그만큼이나 노출이 심한 움푹 파인 티셔츠는 잔뜩 흐트러져 있었다.

게다가 기다시피 그에게 다가와 얼굴을 바짝 들이민 그녀의 자세 탓에 보지 않으려고 해도 그녀의 풍만한 가슴골이 자꾸만 그의 눈에 들어왔다. 모닥불의 불빛 덕에 더욱 짙게 그림자가 진 그녀의 가슴골이 은밀한 상상을 불러일으켰다.

"흐음. 이렇게 보니 택근 씨도 딱 그 또래로 보이는데."

눈을 둘 곳을 찾지 못해 시선을 이리저리 피하는 그의 모습이 너무도 노골적인데도 그녀는 전혀 신경 쓰지 않았다. 여전히 위험스러운 자세로 그를 바라보며 때아닌 그의 인물평을 했다.

"원래 택근 씨가 하는 일이 그런 건지 모르겠는데 보면 늘 피곤해 보이고 죽상을 짓고 있어서 여태까지 노안이라고 생각했거든."

장택근은 이제는 그녀가 무슨 말을 하는지 들리지 않을 지경이었다. 가뜩이나 혈기 왕성한 사내가 아리따운 여자들과 동거를 한다는 기묘한 상황 속에 있는데 그녀가 야릇한 태도를 취하자 괜스레 은밀한 욕망이 고개를 쳐들려 했다.

게다가 그녀는 모르겠지만 지난 3일간 꾸었던 악몽이 꼭 전부 끔찍한 기억들만 있는 건 아니었다. 지금 상황에서는 끔찍한 기억들보다 오히려 그런 기억들이 그를 한층 더 괴롭게 만들었지만, 그녀는 아무것도 모른 채 그를 바라보고 있었을 뿐이다.

"아? 미안. 혹시라도 안경이 깨지면 큰일이라서, 안경 벗어 뒀거든. 가까이 가지 않으면 잘 안 보여."

뒤늦게 자신의 민망한 자세를 깨달았는지 몸을 뒤로 빼는 그녀였지만, 그다지 부끄럽다거나 민망한 기색은 없었다.

갑자기 그녀가 그렇게 물러나자 장택근은 왠지 모를 아쉬움을 느끼고는 탄성을 내뱉었다. 그 탄성에 담긴 감정이 너무도 노골적이어서 스스로 화들짝 놀라는데 저도 모르게 시선이 그녀의 풍만한 여체를 따라가고 만다.

"흐음."

진재영이 헛기침을 하며 그의 주의를 환기시켰다.

뒤늦게 자신의 실태를 깨달은 그가 얼굴을 붉혔다.

"그보다 말이야, 아까 그 GPS는 정말 못 쓰는 거야?"

분위기를 전환하기 위해서인지, 아니면 정말 미련이 남은 것인지. 그녀가 또다시 GPS에 대한 이야기를 꺼내 들자, 조금은 멍한 얼굴을 하고 있던 장택근의 얼굴이 순식간에 가라앉았다.

"제가 기술자도 아니고… 기술자도 이런 곳에서는 못 고칠 걸요."

그의 말에 그녀가 아쉬운 표정을 지으며 입맛을 다셨다.

"근데 말이에요."

장택근이 잔뜩 목소리를 낮추며 조심스레 입을 열었다. 그 어조가 너무도 은근해서 진재영은 저도 모르게 그의 낮은 목소리에 집중했다.

"만약에 말입니다… 아주 만약에 말이죠."

도대체 무슨 이야기를 꺼내려는 건지 자꾸만 뜸을 들이는 그의 태도에 진재영이 살짝 인상을 찌푸렸다.

"우리가 있는 곳이 전혀 엉뚱한 곳이라면 어떨 거 같아요?"

게다가 어렵사리 꺼낸 이야기마저 맥 빠지는 소리라 그녀가 입을 불쑥 내밀고는 불만 어린 표정을 했다.

하지만 그는 그런 그녀의 표정에도 이야기를 멈추지 않았다.

"만약 이곳이 아마존이 아니라 전혀 엉뚱한 곳이라면……."

참다못한 그녀가 어이없다는 투로 그의 말에 대꾸를 했다.

"뭔 소리야. 그럼 여기가 어딘데? 아마존이 아니면, 여기가 히말라야 산맥이라도 되나? 좋겠네, 그럼. 날도 더운데 가서 얼음이나 좀 구해 오게."

그녀가 그렇게 말하자 장택근이 심각한 표정을 지우며 이내 실소를 지었다.

"뭐, 그냥 그렇다는 거죠."

잔뜩 분위기를 잡더니 실없는 마무리를 짓는 그였다. 그녀가 어이가 없는지 고개를 절레절레 저어 보였다.

"그나저나 내일부터는 고생 좀 할 텐데 조금이라도 자둬요. 내일부터는 불침번도 번갈아가며 해야 하니까, 이만 가서 자요."

그가 손짓까지 하며 자신을 쫓아 보내자 그녀가 뚱한 표정을 지어 보였다.

"됐어, 잠도 다 깼어. 어차피 학교 다닐 때는 며칠씩 밤도 새고 그랬었는걸."

그녀의 말에 그가 고개를 절레절레 저어 보였다.

"근데 남자들은 어떻게 하고 있을까."

그렇게 시달렸는데 궁금하긴 한 모양이다. 장택근은 모닥불을 바라보며 짧게 대꾸했다.

"잘 있겠죠. 동수 형님 말만 잘 들으면 뭐, 큰일이야 있겠어요."

그리 말하는 그의 눈동자에 기이한 빛이 일렁였다. 이제까지 여자들에게 보였던 믿음직스러운 모습과는 달리 어쩐지 위험스러운 눈빛이었는데 진재영은 그런 낌새를 전혀 눈치채지 못하고 말을 이어갔다.

"그 새끼들 밉긴 한데 그래도 살았으면 좋겠다."

평소 칼 같은 모습을 보이던 그녀치고는 인정 어린 말이었다. 장택근이 방금 전의 기이한 눈빛을 갈무리하고는 의외라는 표정을 지어 보였다.

"아니, 뭐 그렇잖아. 죽일 놈들이긴 한데, 그래도 이런 곳에서 그렇게 되는 건 또 그렇잖아? 그리고 멀쩡하게 돌아가야 그 새끼들 콩밥도 먹이지."

말이야 그렇게 말하지만 그들을 처벌하다 보면 필연적으로 이지원이 당한 일을 밝힐 수밖에 없었다. 보통 여자들만 해도 그런 일이 있으면 밝히기가 쉽지 않은데 하물며 그녀는 대한민국 최고의 여배우다. 싫어도 하이에나 같은 기자들이 냄새를 맡고 달려들 것이다. 그리고 그들은 자극적인 문구로 이지원의 인생을 마구 난도질하리라.

낮부터 죽은 듯이 잠만 자는 이지원을 흘끗 바라본 장택근이 한숨을 내쉬었다. 자신이 조금만 더 일찍 깨어났다면 그런 일은 없었을 텐데 하는 아쉬움에 그만 고개를 돌려 버렸다.

"그냥 오지형 감독 쪽도 그렇고 다 같이 돌아갔으면 좋겠다."

평소엔 별로 표를 내지 않더니 돌아가고 싶은 마음은 마찬가지였던 모양이다. 하기사 누군들 이 위험천만한 곳에서 한시라도 더 있고 싶겠는가.

그녀의 말에 장택근이 고개를 젓다가 갑작스레 자리에서 일어났다. 곁에 세워두었던 엽총을 잡아 입구를 겨냥하는 그의 모습이 전에 없이 다급했다. 그 서슬에 놀란 진재영이 덩달아 자리에서 일어나는데 장택근이 입가에 손가락을 세워

붙였다.

영문은 알 수 없었지만 그 심각한 분위기에 압도된 그녀가 양손으로 입을 막았다.

장택근이 그런 그녀에게 뒤로 물러나라는 손짓을 하고는 발로 바닥을 밀어 모래를 밀어냈다. 그가 밀어낸 모래에 덮인 모닥불의 불씨가 서서히 사그라지더니 이내 완전히 꺼져 버렸다.

그렇게 불빛이 사라지자 동굴 속에는 완벽한 어둠이 내려앉았다. 어둠 속에서 철컥거리는 소리만 짧게 울리더니 그 소리마저 사라져 버렸다.

숨이 막힐 것 같은 침묵.

마치 무슨 일이 일어날 것만 같은 분위기 속에서 진재영은 영문도 모르고 몸을 떨었다.

스스스슥.

진재영은 비명이 터져 나오려는 것을 간신히 틀어막을 수 있었다. 장택근의 경고가 없었다면 그녀는 사정없이 비명을 질렀을 것이다.

갑작스레 들려온 소음은 그만큼이나 끔찍했다.

스스스스슥.

방금 전보다 훨씬 더 선명해진 소리가 무언가 다가오고 있음을 알려줬다.

마치 무언가를 모래 바닥에 끄는 소리 같기도 하고, 바람소리 같기도 하다. 어찌 보면 망가진 피리에서 나는 소리 같기도 하고, 또 어떻게 보면 어딘가를 손톱으로 긁어내는 소리 같기도 하다.

스스스스스슥…….

이제는 동굴의 입구 바로 너머에서 들려오는 소리에 장택근과 진재영의 등가로 식은땀이 흘러내렸다.

＊　　　＊　　　＊

가장 먼저 눈에 들어오는 울퉁불퉁한 천장이 낯설기만 하다. 이제는 텐트의 매끈한 천장을 보며 잠에서 깨어나는 것이 익숙해졌다 했더니, 어느새 또 새로운 보금자리에 와 있다.

눈을 껌뻑거리다 보니 슬슬 잠이 깬다. 이제는 익숙해져 버린 아마존의 소리가 그녀의 귓가를 간질였다. 침낭 속에서 몸을 비틀며 기지개를 켠 윤신애는 벌떡 몸을 일으켰다.

"어?"

그녀의 눈에 생각지도 못한 광경이 보였다. 동굴의 한편에 기대고 앉아 잠이 든 장택근과 그의 품에 안기다시피 한 자세로 잠이 들어 있는 진재영이 보였다.

장택근과 그녀 사이에 놓인 엽총의 살벌함이 없었다면 연인의 한가로운 풍경이라 해도 좋을 광경이었다.

그녀가 무심코 내뱉은 소리에 잠에서 깨었는지 장택근과 진재영이 눈을 떴다. 잠시 눈가를 비비며 몽롱한 정신을 추스르는가 싶더니 이내 자리에서 벌떡 일어나며 소스라쳤다.

"갔어?"

"모르겠어요!"

아무것도 없는 동굴 입구를 가리키며 총부리를 들이댄다 싶더니 저들끼리 뭐라 뭐라 중얼거리는 모습이 한편의 희극과도 같았다.

"으아아아! 언제 잠들었지!"

진재영이 안 그래도 엉클어진 머리를 쥐고 흔들며 자책을 하고 장택근은 여전한 자세로 입구를 노려보며 엽총을 들었다 놓았다 하고 있었다.

"진 선생님? 조감독님? 뭐하세요?"

그들이 그렇게 부산을 떠는데 윤신애의 음성이 불쑥 끼어들었다. 뒤늦게 그녀를 발견한 장택근과 진재영이 서로의 얼굴을 마주 보다가 머쓱한 표정을 지어 보였나.

"아니, 그게……."

뒤늦게 상황을 파악한 장택근이 변명처럼 전날의 상황을 설명했다.

윤신애는 전날 이상한 소리가 동굴 밖을 배회했다고 하니,

얼굴빛이 창백해지긴 했으나 이내 평소의 안색을 회복했다.

"동이 틀 무렵까지는 버텼는데 잠든 모양입니다."

그가 드물게 민망한 얼굴로 말했다.

"그럼 뭔지는 모르겠지만 새벽쯤에는 갔나 본데요? 그보다 둘이 그러고 있었던 거예요?"

새벽녘부터 소리가 들리지 않았다는 말을 들은 탓인지, 평소 눈물도 많고 겁도 많은 그녀답지 않게 침착한 모습이었다.

아니, 침착하다기보다는 뭔가 싸늘한 얼굴이라 괜스레 장택근과 진재영이 주눅이 들었다.

"뭐… 뭐가?"

진재영이 더듬더듬 말하니, 윤신애가 방금 전까지 그들이 어떤 모습으로 있었는지를 설명해 주었다.

조금은 과장이 섞인 그녀의 설명에 장택근이 얼굴을 붉혔다. 아무래도 전날의 야릇했던 기분이 다시 떠오른 모양이었다.

"아, 그래서 내가 온몸이 찌뿌듯했구나. 아주 그냥, 온몸이 안 쑤시는 데가 없네."

그런 그와는 달리 진재영은 전혀 개의치 않는 표정으로 온몸을 비틀며 몸을 푼다고 난리를 떨었다. 가뜩이나 엉망인 옷매무새가 벌어지며 아찔한 광경을 연출하니 장택근은 눈을 둘 곳을 찾지 못해 얼굴을 붉히고, 윤신애는 뭔가 못마땅한 얼굴로 진재영을 노려보았다.

"진 선생님!"

빽 하고 소리를 지르니, 진재영이 귀를 후벼 파며 시큰둥하게 윤신애를 바라보았다.

"얘는 왜 아침부터 소리를 지르고 그래."

"옷이 그게 뭐예요!"

심드렁한 진재영의 음성에 윤신애가 한달음에 달려가 그녀를 동굴의 안쪽으로 밀어 넣었다.

"아! 옷이 왜! 여기 누가 있다고!"

그 무신경한 태도에 윤신애가 눈썹을 치켜뜨며 장택근을 내쫓았다.

"조감독님! 진 선생님 옷 갈아입어야 하니까, 잠시 나가 계세요!"

왠지 모르게 거역하기 힘든 그녀의 말에 장택근이 얼떨결에 고개를 끄덕여 주곤 동굴을 나섰다.

동굴을 나서자마자 달려드는 뙤약볕에 그가 인상을 찡그렸다.

잠시 눈을 껌벅거리며 빛에 익숙해진 그가 방금 선의 어병한 표정을 지우고는 날카로운 표정을 지어 보였다.

자세를 낮춘 그가 바닥을 손바닥으로 쓸며 전날 다녀갔을 정체불명의 무언가의 흔적을 찾아보았다.

눈을 번뜩이고, 바닥을 일일이 짚어가며 흔적을 쫓았지만,

보이는 거라고는 그저 붉은 흙과 수북하게 쌓인 나뭇잎뿐이
었다.

아무리 눈에 불을 켜고 찾아보아도 아무런 흔적도 찾지 못
한 그는 이내 허리를 폈다. 아무래도 너무 예민했던 모양이다.

굳게 그러쥐고 있던 엽총을 다시 어깨에 둘러메곤 느긋한
심정이 되어 주변을 바라보았다.

밀림의 한쪽 편이 부스럭거리더니 따뚜가 모습을 드러냈
다. 어디서 또 사냥을 하고 온 것인지 어깨에 크고 작은 동물
들을 짊어 멘 그가 장택근을 보고는 반갑게 웃어 보였다.

"부지런하구만."

바닥에 잔뜩 늘어놓는 짐승들의 사체를 보며 장택근이 고
개를 절레절레 저었다.

"굿 잡!"

엄지를 추켜올리며 칭찬을 하니 따뚜가 바닥을 구르며 신
난다는 제스처를 취했다. 그 모습이 익살스러워 장택근은 저
도 모르게 미소를 지어 보였다.

그들이 그렇게 마주 웃으며 있는데 여자들이 동굴에서 나
왔다.

진재영은 방금 전과는 달리 기다란 청바지에 민소매티를
입고 있었는데, 윤신애가 어지간히 봤았는지 질렸다는 표정
을 짓고 있었다. 윤신애는 그런 그녀를 여전히 못마땅하다는

표정으로 노려보며 입을 오물거리는 것이 잔소리가 아직 끝나지 않은 모양이었다.

"지원 씨도 일어났어요?"

여자들의 뒤편에서 우두커니 서 있는 이지원을 발견한 장택근이 반갑게 아침 인사를 건넸다. 이지원은 그런 그의 인사에 그저 고개를 한 번 까딱하고는 예의 그 무표정한 얼굴로 주변을 살펴보았다.

아직까지는 정신적인 충격이 회복되지 않은 기색이라 잠시 시간을 더 두기로 한 장택근은 더는 그녀에게 말을 건다거나 하며 귀찮게 하지 않았다.

"우와! 따뚜! 완전 사냥꾼이네!"

뒤늦게 따뚜가 잡아온 사냥감을 보며 호들갑을 떠는 진재영의 모습에 따뚜가 예의 그 발을 구르는 행동을 하며 깔깔거렸다. 어깨를 펴고, 코를 높이 세우는 폼이 꽤나 거들먹거리는 자세라 모두가 한바탕 웃음을 터뜨렸다.

그렇게 기분 좋게 아침을 시작한 이들이었지만 밀림 속에서의 하루는 절대로 녹록지 않았다. 먹을 것에서부터 마실 것까지 모든 것을 스스로 조달해야 했으며, 보금자리를 더욱 안전하게 만들기 위해서 이리저리 뛰어야 했다.

그 와중에 여자들은 장택근으로부터 여러 가지 일을 떠맡아야 했다. 먼저 이지원은 은신처 인근을 돌며 장작으로 쓸

거리를 찾아왔고, 윤신애와 진재영은 따뚜를 따라 식수를 구해 왔다.

그간 차동수 일행과 함께 있을 때 식수 때문에 모진 설움을 당해야 했었는데 황당하게도 식수를 구하는 것은 어렵지 않았다. 따뚜가 표시해 준 나무의 껍질을 벗기니 그 안에서 맑은 물이 흘러나왔다.

덕분에 물통에 맑은 물을 한가득 담아올 수 있었다. 중간에 맑은 물을 본 윤신애가 그 자리에서 마시려 하는 해프닝이 있었지만, 진재영이 의사다운 태도로 혹시 모를 세균과 위험을 설명해 주고는 은신처로 돌아가 식수를 모두 끓여 먹어야 한다고 잘 다독여 주었다.

그렇게 이리저리 바쁘게 뛰어다니다 보니 점심때가 되었다.

따뚜가 잡아온 작은 짐승들의 사체를 구워 점심을 해결한 이들은 다시 장태근의 지휘를 따라 바쁘게 움직였다.

이제까지 부드러운 태도를 보였던 그라고는 상상도 할 수 없을 정도로 장태근은 생존에 관련된 문제에 있어서는 단호했다.

조금이라도 게으름을 떨거나 엄살을 피우려고 하면 무서운 얼굴을 하고는 잔소리를 해댔다. 덕분에 불과 하루도 지나지 않았지만 여자들은 자신의 할 일을 명확하게 인지할 수 있었다.

아직까지 상태가 온전하지 않은 이지원은 주변을 돌며 장작을 구하는 비교적 쉬운 일을 맡았고, 진재영과 윤신애는 식수를 구해 오고, 따뚜가 잡아온 사냥감들의 고기를 썩지 않도록 잘 보관하는 일을 맡기로 했다.

그리고 남는 시간에는 장택근을 도와 은신처 앞 공터를 넓히는 작업을 했다. 어디서 구해 왔는지 모를 작은 도끼와 나이프로 인근 수풀을 정리하고 시야를 확보했다. 그렇게 부산을 떨다 보니 어느새 하루가 다 지나가 버렸다.

어느새 붉게 하늘을 물들이며 저 너머로 넘어가는 노을을 바라보며, 일행이 공터에 앉아 지친 몸을 다독였다.

온몸이 쑤신다며 서로의 어깨를 주물러 주고 자신의 다리를 주무르는 모양새가 꽤나 지친 모습이었다.

그런 그녀들을 보며 장택근은 힘들게 구해 온 나무를 넝쿨로 엮으며 무언가를 만드는 데 열중했다.

"택근 씨, 그건 어따 쓰게. 장작이라면 지원이가 많이 구해 왔잖아."

진재영이 피로에 써든 얼굴을 하고도 참견을 하고 싶었는지 그리 묻자 장택근이 고개도 돌리지 않은 채 대꾸했다.

"동굴 입구를 좀 막아보려고요. 불안해서 안 되겠어요."

그의 말을 듣고 보니 그가 넝쿨로 묶는 나무들이 죄다 장작으로 쓰기에는 너무 굵고 생생했다. 진재영이 전날의 일을 떠올리며 금방 납득한 표정을 지었다.

"생각보다 어렵지 않은데? 이대로라면 할 만하겠어."

비록 몸이야 고됐지만 의외로 밀림 속에서의 생존에 그녀가 자신감을 표했다. 그 말을 들은 장택근이 하던 일도 손을 놓고는 황당하다는 표정을 지어 보였다.

"아니, 시작부터 힘들다고 죽는소리하는 것도 그렇지만 벌써 그렇게 과신하면 안 되는데요?"

아닌 게 아니라 오늘 하루 한 일이라고 해봤자 식량과 식수를 구하고 장작을 준비해 둔 것이 다였다.

그나마 식량은 따뚜가 구해 왔고 그와 그녀들이 한 것이라고는 주변을 돌며 지리를 대충 읽히는 식의 가벼운 일들이었는데 그녀가 그리 말하자 장택근은 어이가 없는 표정을 지어보일 수밖에 없었다.

"먹고 마시는 것도 당연히 중요하지만 가장 중요한 건 우리 안전이에요. 잊지 말아요. 우리가 있는 곳이 어디인지를."

보이스카우트 놀음에 혹시라도 밀림을 우습게 볼까 봐 저어된 그가 강한 어조로 말했다. 그제야 진재영이 뜨끔한 표정을 지어 보이고는 머리를 긁적였다.

"그렇긴 하네. 그 뭐시냐, 재규어도 있고, 아나콘다도 있고, 또 위험한 게 얼마나 있을까."

그들이 하는 대화를 들으며 금세 표정이 어두워진 윤신애가 그녀의 말을 받았다.

"제가 들었는데 아마존에서 제일 조심해야 할 건 그런 커다란 짐승들보다 벌레라고 했어요."

그래도 촬영을 오기 전에 사전 조사는 한 모양이었다. 그녀들이 금세 소란을 피우며 서로 무슨 주사를 맞았네 하며 수다를 떨기 시작했다. 애써 긴장감을 심어주었더니 금세 긴장을 풀고는 수다 삼매경에 빠진 그녀들의 모습에 장택근이 쓴웃음을 지었다.

그 자신도 가장 걱정하는 것이 벌레를 비롯한 독충과 말라리아, 그리고 각종 풍토병이었다. 아무래도 현대인의 면역력은 의학적인 측면의 도움을 많이 받는지라, 자신의 생활 반경과 멀어지면 어이없을 정도로 쉽게 병에 걸리기도 한다.

그래도 촬영 전에 각종 접종을 권고했었으니 당장 큰일이 나진 않겠지만 앞으로가 문제이리라. 눈에 잘 뜨이지 않는 작은 독충들까지 막기에는 은신처의 환경이 너무 열악했다.

그 전날 벌레들이 싫어하는 풀을 태워 연기로 동굴 안을 소독했고, 또 지금도 연기를 피우며 벌레를 쫓고는 있었지만, 그럼에도 불구하고 무모하게 달려드는 벌레로 인해 온몸이 가려울 지경이었다.

대충 마무리를 지은 그가 따뚜를 불러 이리저리 손짓을 하더니 따뚜에게 주머니를 건네받았다.

주머니를 열어 내용물을 확인한 장택근이 일행을 불러 모았다.

"자! 이제 안으로 들어갑시다!"

무언가 숲의 공터에 앉아 모닥불을 피워놓으니 캠핑 기분이라도 난 모양인지 여자들이 아쉬운 표정을 지었지만 그의 말에 토를 달거나 하진 않았다. 그녀들도 밤의 밀림이 얼마나 위험한지 정도는 알고 있었던 탓이다.

슬슬 노을의 붉은빛마저 저녁의 검은빛 하늘에 밀려 저 너머로 사라져 간다. 그나마 평화로웠던 낮의 밀림은 끝나고 포식자들이 활동하는 시간이 왔다.

일행이 서둘러 동굴 안으로 자리를 옮기고, 장택근이 마지막에 남아 따뚜에게 받은 가루를 바닥에 뿌리고는 이내 급조한 문짝으로 동굴의 입구를 막았다. 그리고 문짝과 동굴 안쪽을 연결해 그 사이에 작은 조약돌 따위를 담은 봉지를 묶이두었다.

대충 저녁을 날 준비를 마무리한 장택근마저 동굴 속으로 들어가고, 그들이 있던 자리에는 서서히 꺼져 가는 모닥불의 불씨만이 남아 있었다.

*   *   *

"그렇게 사람들은 사라졌고, 희한하게도 그들이 머물던 야영지와 캠프는 멀쩡한 모습으로 발견되었어요. 구조대와 탐사팀이 아무리 눈에 불을 켜고 근방을 수색해 보았지만 그 어떤 습격의 흔적도 발견하지 못했지요."

장택근의 말에 여자들이 으스스하다는 표정을 지어 보였다.

"그들의 소지품 중 몇 개가 발견되기도 했지만 그래 봐야 베이스캠프 인근에 남아 있던 것들이고 그들이 당국에 신고했던 탐사 루트에서는 아무것도 발견되지 않았습니다. 그게 바로 2년 전에 있었던 호주 탐사단이 실종된 사건에서 밝혀진 사실 전부예요."

2년 전의 호주 탐사단이 실종된 사건을 비롯해 촬영팀이 사전에 조사한 사실들을 하나하나 열거하다 보니 여자들의 얼굴에 두려움이 깃들었다.

그도 그럴 것이 그렇게 실종된 사람 중에 돌아온 사람은 한 명도 없다고 하니, 새삼 자신들 역시 그들과 다른 처지가 아님을 깨달은 것이다.

장택근의 말이 끝나자 기이한 침묵이 동굴을 삼싼나.

모닥불이 타닥거리며 타오르는 소리만이 들리는데 누군가가 침을 삼키는 소리가 들렸다.

사람들이 고개를 돌리니 잠이 든 줄 알고 있었던 이지원이 슬그머니 진재영과 윤신애의 사이에 앉아 있었다.

"아, 맞다. 지원 씨 겁 많다던데."

그 모습을 보며 장택근이 오지형 감독의 말을 떠올리며 한마디 하자 윤신애가 믿을 수 없다는 표정을 지어 보였다.

그도 그럴 것이 사이보그가 아닌가 싶을 정도로 완벽한 자기 관리와 포커페이스로 선후배들 사이에서 어려운 인물로 통했던 인물이 이지원이었다.

그런데 실상은 그녀가 겁 많은 소녀 같은 면모가 있다고 하니 놀라지 않을 수가 없었던 모양이다.

"에엑! 선배님 절대 그렇게는 안 보이는데."

그녀가 과장스럽게 이야기하자 무표정한 얼굴을 한 이지원이 흘끗 그녀를 바라보았다가 이내 슬금슬금 그녀들의 곁에 더욱 바짝 몸을 붙였다. 말 한마디보다 더욱 노골적인 그녀의 태도에 진재영도 윤신애도 실소를 내뱉었다.

누가 보아도 이지원은 지금 겁을 먹은 상태였다.

아무래도 잠결에 이야기를 듣고는 무서워져서 사람들 곁으로 온 모양이었다.

별것 아닌 그녀의 행동이었지만, 그래도 그 일 이후로 처음으로 감정을 보이는 이지원인지라 사람들이 저마다 한마디씩 하며 반가운 마음을 표했다.

"근데 말입니다. 이 실종자의 길에 관련된 추리 중에 가장 지지를 많이 받는 것이 바로 버뮤다 삼각지 설이에요."

잠시 말을 멈췄던 장택근이 다시 이야기를 시작했다.

"사실은 아마존의 어딘가에 다른 곳으로 연결된 통로가 있어 그곳을 무심코 통과한 사람들이 그렇게 실종되어 다시는 돌아오지 못했다는 거죠. 왜 그런 거 있잖아요. 아무것도 없는 장손데 이상하게 그곳으로만 가면 비행기가 사라지고, 배가 침몰하고, 사람들이 실종되고."

실제 사건만을 이야기했던 아까와는 달리, 이번에는 허황된 괴담에 가까운 이야기다.

잔뜩 긴장한 채 어깨를 움츠리고 있던 진재영과 윤신애가 당장에 야유를 퍼부었다.

하지만 장택근의 표정은 오히려 방금 전보다 더욱 진지한 얼굴이었다. 모닥불의 불빛이 일렁일 때마다 기이하게 흔들리는 그림자가 장택근의 얼굴을 마치 악령처럼 으스스하게 보이게 만들었다.

야유를 하던 그녀들이 그 모습에 침을 꼴깍 삼키고는 입을 다물었다. 그는 그런 그녀들을 한번 훑어보고는 다시 이야기를 시작했다.

"실종자 중에는 위치 추적 기능이 포함된 GPS를 갖고 있던 사람도 있어요. 탐사단 중에는 위성 전화기가 장비에 포함되어 있었던 경우도 있고요."

장택근은 계속해서 설명을 이어갔다.

"그렇다면 대체 무슨 일이 있었기에 구조 신호 한 번 요청하지 못하고, 또 하다 못해 그들이 가지고 간 GPS조차 찾지 못할 이유가 뭐였을까요."

설령 무슨 일이 있었더라도 위성 전화기를 통해 구조 요청을 하는 것은 어려운 일이 아니다. 모종의 사건으로 탐사단 전체가 일시에 몰살당하거나 하지 않은 이상 누군가 한 명은 살아남아 구조 요청을 보냈을 것이다. 하지만 이제까지 있었던 실종자 중 구조를 요청한 사람은 없었다.

그저 하늘로 솟았는지 땅으로 꺼졌는지 흔적조차 남기지 않고 사라졌을 뿐이다. 상식적으로 생각하면 그렇게 사라진 탐사단이라고 하더라도 충격 방지와, 방수, 방열 등의 기능이 포함된 고가의 GPS라도 발견이 되었어야 하는데 대규모 수색대를 동원해도 무엇 하나 발견할 수 없었다.

그것이 사람들이 아마존에 또 다른 버뮤다 삼각지가 있다고 주장하는 이유였다.

다른 곳에서 들었다면 그저 웃고 넘어갔을 이야기지만 자신들이 있는 곳이 바로 그 탐사단이 사라진 위치와 같은 마당에야 허투루 듣고 넘어갈 수가 없었다.

진재영을 비롯한 여자들이 하얗게 질린 얼굴로 그를 주시했다.

"어쩌면 말이죠. 아주 어쩌면."

장택근이 그녀들의 얼굴을 둘러보고는 다시 입을 열었다.

"우리는 전혀 다른 세상에 와 있는 게 아닐까요?"

전날 이 이야기를 듣고 웃어넘겼던 진재영조차 이번에는 핼쑥해진 얼굴로 듣고만 있었을 뿐이었다.

윤신애와 이지원 역시 겁을 집어먹은 기색이 역력했다.

"자! 제 이야기는 여기서 끝입니다, 다들 잠이라도 잡시다."

너무 겁을 줬다 생각했는지 장택근이 박수를 치며 일행의 주의를 환기시켰다.

"불침번 순서는 어제 말한 대로 세 명이 번갈아가며 보는 겁니다. 순서 기억들 하죠? 저, 그다음이 신애 씨, 다음이 진 선생님이에요."

네 명의 인원 중 세 명이 돌아가며 불침번을 서기로 했다. 하루도 빠짐없이 불침번을 서는 것은 장기적으로 봤을 때 체력적인 문제가 생길 수 있었다. 3일 불침번에 하루 휴식, 인원이 적은 그들 입장에서는 가장 이상적인 방법이다.

내일부터는 이지원이 순서에 포함되고 장택근이 빠질 것이다. 아무리 그날 이후로 피로를 쉬이 느끼지 않는다고 하지만 완전히 피로가 쌓이지 않는 것은 아니었다. 일례로 지난 새벽만 해도 자기도 모르는 사이에 잠들지 않았던가.

사람들이 저마다 자신의 침낭을 파고들었다.

한참을 침낭 속에서 꾸물거리는 것이 쉬이 잠이 오지 않는 모양이었다. 아무래도 오늘 장택근에게 들은 이야기가 꽤나 신경이 쓰이는 기색이다.

그래도 고단했던 하루 탓인지 시간이 흐르고 나자 규칙적인 숨소리가 들리기 시작했다. 그렇게나 수선을 떨더니 피곤하긴 피곤했던 모양이다.

그녀들이 깊게 잠이 든 것을 확인한 장택근은 품에서 GPS를 꺼내 들었다. 그러고는 전원을 켜고 화면을 노려보았다.

시스템이 로딩되자 중구난방으로 흔들리기 시작하는 화면을 무시하고 설정 버튼을 눌러 위성과의 연결 상태를 확인했다.

역시나 위성과의 연결 상태가 소실된 상태였다.

지구상에 위성의 영향이 미치지 않는 곳이 있기는 할까.

한숨을 내쉰 그는 GPS의 전원을 끄고 다시 품에 갈무리했다. 지금은 몰라도 언젠가는 이 GPS가 필요할 날이 올 것이다.

가만히 모닥불을 응시하고 있자니 수많은 생각이 그의 머릿속을 헤집는다.

『얼라이브』 2권에 계속…

즐거운
인생

미더라 장편 소설

FUSION FANTASTIC STORY

A Bittersweet Life

삶의 의욕을 모두 잃은 주혁.
어느 날 녹이 슨 금속 상자를 얻는데…….

"분명 어제도 3월 6일이었는데?"

동전을 넣고 당기면 나온 숫자만큼 하루가 반복된다!

포기했던 배우의 꿈을 향해 다시금 시작된 발돋움.
눈앞에 펼쳐진 새로운 미래.

과연 그는 목표를 이루고
인생을 바꿀 수 있을 것인가!

Book Publishing CHUNGEORAM

용마검전

FANTASY FRONTIER SPIRIT

김재한 판타지 장편 소설

「폭염의 용제」, 「성운을 먹는 자」의 작가 김재한!
또다시 새로운 신화를 완성하다!

『용마검전』

사악한 용마족의 왕 아테인을 쓰러뜨리고
용마전쟁을 끝낸 용사 아젤!

그러니 그 대가로 빚은 깃은 죽음에 이르는 저주.
아젤은 저주를 풀기 위해 기나긴 잠에 빠져든다.

그로부터 220년 후……

긴 잠에서 깨어난 아젤이 본 것은
인간과 용마족이 더불어 살아가는 새로운 세상이었다.

Book Publishing CHUNGEORAM

문용신 新무협 판타지 소설

FANTASTIC ORIENTAL HEROES

절대호위

한량 아버지를 뒷바라지하며
호시탐탐 가출을 꿈꾸던 궁외수.

어린 시절 이어진 인연은
그를 세상 밖으로 이끄는데……

"내가 정혼녀 하나 못 지킬 것처럼 보여?"

글자조차 모르는 까막눈이지만,
하늘이 내린 재능과 악마의 심장은
전 무림이 그를 주목하게 한다.

"이 시간 이후 당신에겐 위협 따윈 없는 거요."

무림에 무서운 놈이 나타났다!